따뜻한 고독

따뜻한 고독

초판 1쇄 인쇄 _ 2020년 1월 5일
초판 1쇄 발행 _ 2020년 1월 10일

지은이 _ 김신지

펴낸곳 _ 바이북스
펴낸이 _ 윤옥초
편집팀 _ 김태윤
디자인팀 _ 이민영

ISBN _ 979-11-5877-149-2 03810

등록 _ 2005. 7. 12 | 제 313-2005-000148호
서울시 영등포구 선유로49길 23 아이에스비즈타워2차 1005호
편집 02)333-0812 | 마케팅 02)333-9918 | 팩스 02)333-9960
이메일 postmaster@bybooks.co.kr
홈페이지 www.bybooks.co.kr

따뜻한 고독

김신지 시집

바이북스†
ByBooks

쉼 없이 뻗어가는 시 정신

- 김신지 새 시집에 부쳐

박이도 시인

    김신지 시인의 시집 『따뜻한 고독』에는 강인한 정신적 폭발력이 샘솟듯 한다. 노익장老益壯을 보여주는 소망지향성의 시 정신이 특유의 개성미를 표상하고 있다. 이 시집에는 마치 묵은지의 특유한 맛과 그 생성의 비법을 알아보는 것 같은 감흥이 있기 때문이다.

    김칫독에서 오랫동안 숙성시킨 묵은지를 꺼내 맛볼 때의 충족감과 안도감처럼, 그의 시편은 오랜 삶의 경륜에서 빚어지는 다양한 시화詩話들의 느낌을 면대하게 한다. 시인은 세상의 여러 풍물을 만날 때마다 특유의 시적 상상력을 발상發想하고 이를 시로 엮어낸다. 그런가 하면 인생사를 긍정적으로 수용하고 보다 값있는 미래 세계를 추구하는 정신의 순수함이 있다.

이 같은 시풍은 그가 살아 온 인생 역정이 스스로 분명한 가치관을 정립해 왔음을 보여주는 것이다. 예컨대 "나는 독거노인이 아니다 / 독립군일 뿐이다"(「나는 독립군이다」 중)와 같은 구절에서 연륜의 힘이 실린 확고한 내면적 표상을 읽게 된다.

'독립군'을 비유해 시적인 강인한 의지를 보여주고 있는 것이다. 이번 시집은 그의 특유한 발상법과 시정신이 만년에 이르러 점입가경의 경지에 이른 사화집이다. 세월의 제한을 뛰어넘은 시인의 쉼 없이 뻗어가는 인생론, 그 시적 담화에 경의를 표한다.

소망의 넓이와 경륜의 깊이

김종회 문학평론가

　　김신지 시인의 새 시집 『따뜻한 고독』을 읽으면서, 필자는 그야말로 가슴이 따뜻해지는 감동과 삶의 연륜이 공여하는 여러 유형의 깨달음을 함께 얻었다. 이미 두 권의 시집을 상재한 바 있는 시인으로서의 성숙한 시적 창작 역량도 그러하지만, 이 시집을 편만하게 채우고 있는 시어와 시적 의미들의 자분자분한 속삭임이 마음속의 반향판反響板을 지속적으로 두드리고 있었기 때문이었다. 그의 시편은 우주자연을 응대하는 폭넓은 시야와 이를 밝고 긍정적으로 인식하는 정돈된 사유에 바탕을 두고 있다.

　　그런데 이와 같은 시의 기량이 하루아침에 어디서 선물처럼 주어지는 것이 아니고 보면, 오랜 생애의 길을 성실하고 주의 깊게 걸어온 행적, 곧 그의 시에 건실한 바탕이 된 그 세월의 축적에 경의를 표하지 않을 수 없다. 여러 해 이어온 글쓰기 모임에서 만난 시인의 품성과 시의 숙련이 이미 이를 짐작하게 했던 일이기도 하다. 첫 시집 『화려한 우울』(2011년), 두 번째 시집 『부서진 시간들』(2015)에 이어 4년 간격으로 선보이는 이번의 시집은 그런 연유로 시상이 한결 넓어지고 또 깊어졌다.

세상을 바라보는 시선이 더욱 유장하고 더 많은 경물을 담아내며 그 방향성이 소망과 믿음을 지향하고 있기에 '넓이'를 말할 수 있다. 그런가 하면 삶의 체험과 경륜을 디딤돌로 하여 작은 경물이나 미세한 현상을 매개로 하면서도 단단하고 효율성 있는 개안開眼을 이끌어내기에 '깊이'를 말할 수 있다. 문학 장르로서의 형식적 완결성을 두고 보아도 시의 내포적 의미망이 가진 넓이와 깊이를 담아내는 그릇으로서 충실한 자기 역할을 확보하고 있다. 표제의 '따뜻한 고독'은 매우 역설적인 언어의 조합이다. 신 앞에 단독자로 서야 하는 인간의 고독에 따뜻하다는 형용어를 부가할 수 있다면, 이는 웅숭깊은 논리를 포괄하는 시적 말하기 방식인 셈이다.

일찍이 김현승 시인이 신성과 인본주의의 극단적인 갈등을

온 몸으로 감당하면서 '견고한 고독'이나 '절대고독'과 같은 언사를 시현示現한 적이 있으나, 이 시인의 '따뜻한 고독'은 그 모두를 감싸는 화해의 손길이요 위무의 언어이며 신과 세상을 우호적인 몸짓으로 끌어안으려는 의지의 표현이다. 그의 시들이 다양 다기한 시적 형상력으로 드러내는 비유와 함축성, 유추와 상징의 언어적 표정들이 그에 대한 명료한 증빙이다. 시적 분위기가 따뜻하고 시의 전체적 형상이 조화로운 균형을 이루고 있으며 시와 더불어 우리 삶의 은밀한 심층을 감각할 수 있도록 하는 시인으로서의 성가聲價가 바로 그의 것이다.

실제로 그의 시 문면을 하나하나 탐색해 나가다 보면 자신의 아픔을 내밀하게 성찰하고, 사람이나 사람이 사는 공간에 대한 값어치를 진중하게 추수하는 시의 힘에 공감할 수 있다. 아울러 우리 삶의 환경을 이루는 계절이나 그 흐름이 축적된 세월의 뒤안길을 소박하지만 인상 깊게 제시함으로써 흔연한 공감을 촉발한다. 그의 이러한 시 쓰기는 자신의 생각이 거주하는 범주를 넘어 세상의 아픔과 침묵에 온화한 손길을 내미는 새로운 면모를 형성한다. 그러기에 우리는 그의 시를 두고 '소망의 넓이와 경륜의 깊이'라는 언표를 부여할 수 있는 것이다. 그러기에 우리는 매우 기껍고 충일한 마음으로 그 시집의 일독을

권할 수 있는 것이다.

　이 소략한 글은 김신지 시인의 이 시집에 대한 추천의 뜻을 담고 있으며, 향후 본격적인 '김신지 론'을 예비하는 서론에 해당한다. 바라기로는 축복된 삶의 자리에서 수발秀拔한 시집을 출간하는 시인에게 마음으로부터 경하의 말씀을 드린다. 동시에 그 시인으로서의 내일이 더욱 활기차고 보람된 시간들로 넘치기를, 그리하여 그의 삶과 시와 믿음의 길이 더욱 복된 순간들로 채워지기를 간곡하게 바라마지 않는다.

1부 ____ 내 안의 아픔을 돌아보는 시간

2부 ____ 사람에 대한, 공간에 대한 기억

3부 _____ 계절과 세월의 뒤안길

4부___ 세상의 침묵에 말 걸기

그렇게 정처 없더라도

일기라는 명목으로
때로
나를 변명하는 푸념으로
스스로의 굴레를 벗어나려
비뚤비뚤 던져놓은 말꾸러미
어렵사리 터진 발아發芽

어쩌면 한 알의 포도알만도
아기의 옹알이만도 못한

그렇게 정처 없는 길이라도
강물이

늘 그 강물이 아니듯

나무가

바람 속살을 타고 자라듯

그리 얹혀서라도

쉼표로

느낌표로 걸어간다면

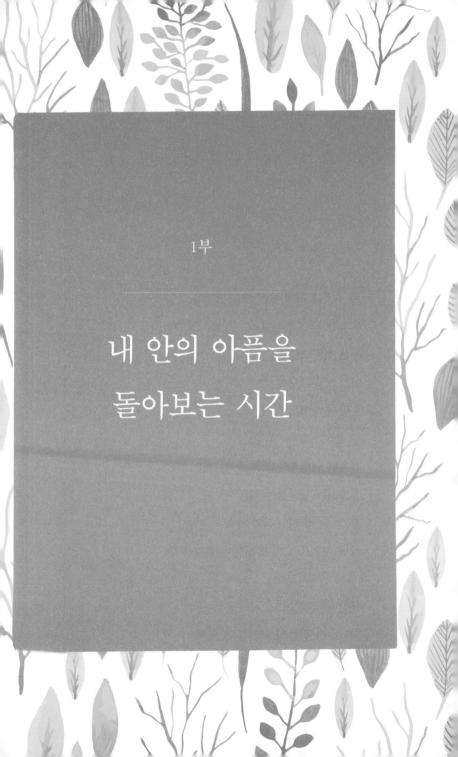

1부

내 안의 아픔을
돌아보는 시간

조각보

복을 싼다 하여 보자기라 했던가
물항라 산수 조각보
홀로 섰던 섬들이
어깨동무로 모여
오방색 육지로 떠 있다

그윽한 규방閨房
흔들리는 등잔불 아래
한 땀 한 땀 바느질의 자리
골무 속으로 고인 땀방울이 얼마런가

규방 아낙네들
잃어버린 심장의 소리를 들으며

삶의 이야기를 풀어 갔으리

잊었던 삶의 조각들

곱게 물들인 동화를

이리 놓고 저리 놓고

자르고 붙이고 그리며

홈질로 길을 열고

박음질로 땅을 다지며

공구르고 감침질로 아울러

인두의 누름질로 새 땅을 열었으리

조각보는 삶의 공허를 딛고 피어난

아낙들의 혼의 노래

세상의 꽃들이 모인 정원

마음의 무지개로 뜬 시詩 한 절

그냥

어느 날 날아온

카톡 속 낱말 하나

그냥이라는 말이

내 혈관 속으로 파고 들어왔다

백만 가지 이유 중에서

가장 멋진 이유*

백만 가지 이유를 부수어버린

가장 큰 말

무엇에 꼭 이유를 붙여야 한다는 것이

얼마나 구차스런 일인가

빗속을 왜 걸었느냐고?

그냥 – 비가 와서

저녁 밥상에서 싱긋 웃던

그녀의 웃음 같은

따지지 않는 말

이십 년 만에 만난 중학교 동창이

하늘색 머플러를 선물로 주었다

웬 이런 선물을?

부끄러운 나의 질문에

그냥 –

내 혈관에 들어온 그 천연의 말이

코발트빛 하늘에서 내려와

내 영혼에 환한 불을 켜 주었다

* 받은 카톡 메시지에서 인용

쓸쓸한 답

이왕이면 더
더 맛난 것만
더 싱싱한 것을
오직 그 마음으로
이곳저곳을 에둘러
보암직하고
먹음직한 것들로
다듬고 보듬어 보냈다

하늘 위로 날고 있을까
동네 어귀에 다다랐을까
마음만 조급해 자꾸 보챈다
기다림은

오직 기다리는 것이건만

사날 지난 밤
'잘 받았어요 감사!'
카톡에 실려온 한 줄

하늘에 하얀 구멍이 뚫렸다

울컥, 목메는 그리운 목소리

따뜻한 고독

무작정 나선 길
내가 지배하던 집을 떠나
미지의 땅에서, 잠시
내가 아닌 내가 되어 보는 것
일상의 옷을 벗고
낯선 풍경에 기대어
다른 나를 갈망하는
잃어버린 질문을 한다

별나라에도 먼지가 있을까
먼지는 어디까지 여행을 할까
정말 생명을 갉아먹는 것일까
먼지 없는 땅이 있을까

소금 사막에서도 먼지는 살까
먼지도 바다를 좋아할까
꽃들도 먼지에 숨이 답답할까
바다 위의 먼지들은 수영을 할까

먼지 속에서도 노을은 타고
별이 웃고, 꽃도 벌을 기다리고
새들도 사랑을 한다

먼지 때문에 햇살이 빛난다고
햇살이 빛나 바다도 춤춘다고

홀로 걷는 나에게
안면도 바다의 무심한 평화가
외로운 귀를 쓰다듬어 주었다

길 끝에 또 길

큰 길

넓은 길로 달려만 가면

성공이라는 궁전이

행복이라는 꽃집도 기다리고 있는 줄 알았다

지친 걸음 쉬어가는 길 끝

작은, 숨은 길로 들어섰을 때

자귀나무 분홍 깃털이 나불거리고

개망초 씀바귀 꽃들 함초롬히 피어

밤하늘의 별꽃들을 초롱초롱히 부르고 있었다

어른이라는 모자를 쓰고

낮은 곳에서 높은 곳으로

너른 땅에서 좁은 데로
낯선 곳 돌고 돌아가는
벼랑 끝에도 다른 길이 있음을
길 끝에 또 길이 있음을 알았다

어스름 내리며 서늘해지는 나이
구겨진 종이 같은 날들
영혼의 밤과 낮을
걸어가다 보면
내가 걸은 곳이 모두 길이 된다는 것을
마른 뼈도 일어서는
따뜻한 샘이 내 속에서 일고 있음을

언제나 내 안에 있음을 알았다

거울 속 감옥

투명하다던 유리가 황금 칠을 했다
감옥이 되었다
거울이라는 감옥

입만 열면
투명유리라던 사람들
갇혀 버렸다
제 얼굴, 제 앞만 보이는
자기 감옥에서
금빛 동굴 어둠에 빠졌다

유전자가 다르다던 입들
거울 뒤는 보이지 않아

제 살이 썩어도
전두엽이 하얗게 삭아도
아픔도 모르고 달리기만 한다

시들지 않는 꽃이 있는 양
유리 감옥에서
세월을 당기며 시력을 잃어간다
거울의 주인은
뒤를 볼 수 없다는 것도 모른 채
비틀린 길에서 헤매고 있다

누름돌

한여름 오이지 속
짠물에 갇혀
곰팡이까지 뒤집어쓰고
긴 겨울 동치미 위
지고추 하나라도 뜰까
시린 물 온몸으로 감싸며
오롯이 누워
나이테도 지워버렸지

맨살의 자존심으로
어둠에 묻힌 순결한 얼굴
소용돌이 파도와 매운바람
불볕더위에 벼락불도 맞았으리

삼킬 수 없는 물살에

수천 번 태장도 맞았으리

제 뼈를 얼마나 깎았으랴

누구에게도 매이지 않으려는

사해死海 같은 마음

오이지를 헤치며

다시,

무엇이 되어야 할

모난 돌을 보고 있다

아스팔트 깨어나다

얼음보다 더 차서
어떤 불로도 녹일 수 없는
매서운 바람도 돌아서는
절벽 같은 마음

그 앞에서는
마른 침도 멈추었다

부서지면 죽음인 양
오랜 잠에서 깨어나지 않았다

어떤 이의 독침 한마디로
무너진 시간의 장벽

지나간 가슴속 상처들이 운다
눈물 콧물로 흐르는 참회
허물을 벗어나는 몸부림
첩첩 밀려오는 절규들 사이로
햇살이 달려간다
부서진 아픔들이 숨을 쉬고
죽었던 미소가 다시 살아온다

아스팔트 터진 틈 사이
고개 내민 통곡의 꽃
노오란 민들레 닮은
여자의 웃음꽃이 피어난다

바람의 선물

바람이 부른 거야

향기 서린 냄새가 흘러왔어

바람을 가르며

고개를 디밀었어

그냥.

바람을 잡은 거야

아니,

바람을 일으킨 거야

그 바람 놓칠까

바람 타고 놀기로 했지

바람 속으로 유영을 했어

너스레를 떨어도

철판 깔고 뻔뻔해져도

슬픔을 눈물로 비벼도
바람은 모른 체 받아 주었지

세월에 업혀서
위성의 파편이라도 줍듯
그렇게 한 줌 두 줌

바람의 땀을 주워
'저자'라는 이름을 얻었네
늘그막 문턱에서
바람 속에서 핀 꽃이 되었네
책갈피 행간에서
꽃 피는 소리를 듣네

시인

온몸을 소용돌이치는
사유의 부스러기들
갈고 닦고 꿰어
겨우 건져 든
영혼의 사리

시집 한 권이 팔리면
삼백 원이 돌아온다더니*
시인의 지갑은
가볍다 못해 시려워
2018년 시인의 연봉은
일천만 원
한 달에 83만 원

대한민국 628개 직업군 중
최하위 연봉자라니…

정직한 땀방울의
아름다운 소산이 되었으면
시의 존재 이유가
깊은 강물처럼 계속 흘러가기를

맑은 가난의 향기는
영원을 지고 가지만
맨발의 열정. 뜨거워 넘쳐도
눈물은 여전히 짜다

* 함민복 시 「긍정적인 밥」에서 빌려옴

귀신도 웃는 약속

'새해 첫 만남이니 잊지 마세요'
한 주일 전의 그 말은
그날로 내 머리에서 사망했다
기억 속에도
수첩에도 자취는 없었다
나의 기만만 살아 있었다
점심 찬을 꺼내다 받은 전화
소스라쳐 놀라 달려간 길
한 시간이 늦었다

화요일 오후 4시 25분
서둘러 뛰어 손자 학원에 도착했다
통학차도 아무 인기척이 없다

심호흡 끝에 5시 30분이 아련히 떠오른다
부끄러움을 싸안고 다시 집으로
한 시간을 잃어버리고도
태연자약 실소만 흘러나왔다
오후 옹근 햇살이
서늘한 등을 두드려 주었다

칠십이 넘어 약속을 하면
귀신이 웃는다던 일본 속담이
머리를 휘돌며 지나간다

그 한마디 건져들고

하루가 또 파지처럼 구겨졌다
아침, 겨우 한 가지 일 마치고
오른쪽 눈 핏줄이 다시 터졌다
팔월 들어 세 번째다

핏발 선 눈보다
심장 속이 터진 양 화가 난다
눈 보호한다고
에어컨디셔너 선풍기 바람조차 조심하고
읽던 책도 책장 속으로 피신시켰다
매일 블루베리도 한 줌씩 먹고
팥주머니로 눈 찜질도 하고
눈을 위한 노예가 된 듯

하루를 근근 기어 왔는데

원인이 없다는, 매우 흔한 일이라는
처방도 없다는
허망한 의사의 말
지워 버리고 싶다가
자연흡수된다는 되풀이 말 끝
시력에는 전혀 이상이 없다는
그 한마디 건져들고
빨간 눈 속에서 떨며
포위되었던 심장
눈빛으로 안아준다

심장, 지진 나다

소리 없이 뛴다

마구 뛴다

흔들린다

헤쳐 볼 수도 없는

심장이 터지나

마음도 뛴다

계속 흔들린다

심방세동 부정맥

1분 맥박수 151번

혈압은 52로 내려앉고

심전도는 5.8 지진계처럼

몸의 기하학*이 변했다

내진설계는 물 건너가고

예방조치는 약뿐

주물러서도 못 세우는 몸

나이 더해 가는 값을 치른다

몸의 소리에 순종할 수밖에

* 김수자 작가의 현대미술관 작품명에서 인용함

싱크 홀

나이가 두터워지면
가슴속도 무던해지리라
뱃심 깊은 속 더 단단해지리라
그런 줄 알았다

머리카락 희어질 때면
대포알 같은 말도 집어 삼키고
다 용서하는 줄 알았다

바늘 끝만 한 말들이
가시같이 박힌다
실수만 같은 무례함이
눈 속에 침으로 서서

돌부리가 되어 할퀴며 달려온다

손끝의 부실한 흠 하나
낡은 하수관의 누수 한 방울
잘못 박은 실못 하나가
땅을 주저앉힌다

내려놓지 못한 쓴 뿌리들
태워 버리지 못한 가슴속 옹이
아직도 신음 중인 속울음

웅덩이는 아직도 불면증을 앓고 있다

나 있으나 없으나

새벽 세 시 이십칠 분
천둥소리에 귀를 붙잡다가
번갯불에 이불깃을 당기다가
한 방, 두 방
몇 백 방인지…
그 현란한 번개는
어디서 와서
어디로 가며
벼락은 누구를 때린 것일까

이른 비와 늦은 비도
하늘의 뜻이거늘
아직도 설익은 풋사과 대추

볼연지를 찍으시는지

두드리고 부수어도
내 일은 아닌 듯
조요한 강물처럼 누워 있다

나 있으나 없으나
천둥은 울고
번개도 춤을 출 것이고
사과도 대추도
발그레 제 얼굴을 찾을 터

나 있으나, 없으나

어떤 결혼기념일

'결혼기념일날 주사를 맞고 있다니'
위문 온 열한 살 손녀의 한마디

침묵의 시간 속에 갇혀 있던
반세기 전의 하얗게 바랜 기억들
주사액 방울 따라
줄줄 기어 나온다

웃음과 울음이 사슬로 이어지는
달아난 시간의 흔적들
힘들었던 삶의 매듭을 삭둑 잘라버린
시원했던 포기의 통쾌한 순간들
엉킨 실타래를 가볍게 풀어헤쳐

달려갈 길을 열어준 손길들

허물어진 시간의 벽이 살아오며
오방색 얼룩진 길로
주사액은 계속 흐르고 있다

일인극

마른 행주질을 하다가
그릇을 두 개나 깼다
놀라면서 마음도 깨진 듯 아프다
삼시 세끼니 숨쉬듯
늘 곁에서 같이 살았는데

생명 다 한 그릇을 장례한다
손 다칠까 장갑을 끼고
쓸어 담고 걸레로 닦고
고이 싸서 버린다

내가 나를 야단쳤다
정신 놓고 사느냐고

그리고는 바로 위로한다
더 예쁜 그릇 사면 돼
대본도 없는 일인극을 하다
흠칫 놀라 중얼거린다

그릇들이
빙그레 웃으며 쳐다보고 있다

나의 신 포도

밥수저를 줄인 게 며칠 되었다
나잇살이라고 위로하지만
나이보다 더 무거울 때가 있다

올챙이배가 된 몸뚱이를 걱정하면
그 뱃살이 없으면
늙은이는 허리가 굽는다고
가뭇없이 힘을 실어 주었다

그래도 배를 숨기느라
옷 고를 때는 위 아래로
길이로 넓이로
안목의 실타래를 풀어

숨죽이는 노력을 했다

요가에 몸을 실을까
스포츠댄스를 해볼까
헬스클럽에 가야 하나

너스레는 꿈으로 사라졌다
아픈 어깨나 잘 돌보라는 말에
운동의 꿈은 사치였다

스모일본씨름를 보다가
나도 모르게 통쾌히 손뼉을 쳤다
뱃살의 위력을 눈으로 보다니

신 포도를 먹는 여우의 눈이
뱃살 위에서 빙그레 웃고 있다

내시경

너 만난 지 사십 년
지금도 네 앞에 서면
머리칼 올올이 서고
한없이 작고 작아진다

애기 주먹만 한 너의 머리가
내 위를 휘돌아 나온 후
기절한 날도 있었지

너의 세밀한 진찰 덕분에
여자를 포기하는 절제 수술도
지치도록 약도 먹고,

때로는 웃음의 선물도 받았지

날로 작아진다고
통증이 없다고 아양을 떨지만
여전히 싫고 무섭다
그저 떨린다는 말밖에

어느 날 모기눈처럼 작아져
수만 킬로미터의 핏줄 속으로
무덤 속 헤치듯 드나드는
네가 또 올까 두렵다

무기력한 생명 앞에서
무릎 꿇기도 싫은

이제는 너와 이별하고 싶은,

해 같은 여자

비 내리는 아침

황토색 단발머리 여자가

옥색 긴 손톱 끝으로

성에 낀 버스 유리창에

꽃을 그린다

꽃술도 꼭꼭 심어 넣고

둥근 머리 나무도 곁에 세우고

누가 보건 말건

아랑곳없이 척척

꽃 하나를 더 그리다가

버스 내림 버튼을 누른다

다시 하늘 향해

해를 동글동글 그린다

햇살도 쭈우욱 퍼지게
빗방울 송글송글 매달린
회색빛 버스 유리창에
꽃 피고 해가 쨍쨍 떴다
여자는 황망히 내리고

동냥치처럼 바라보던
내 얼굴에 밝은 해가 떴다

나는 독립군이다

나는
독거노인이 아니다
독립군일 뿐이다

세월의 두께에 눌렸던
사라졌던 나를
숨은 나를 찾아서
매 순간
순간을 바쳐서
자신을 돌보며
나만의 길을 찾아
독립운동을 하는
독립군이다

나는 독거인도 아니다

스스로

삶을 캐고 있는

독립군이다

나는,

못 하나

나무 계단 끝

튀어나온 못 끝에

발가락을 찔려 피가 났다

살피지 못한 부주의

어디서든 넘어질 수 있음을 본다

타이어에 박힌 작은 못 하나가

자동차를 주저앉히기도

댐 둑에 박힌 못구멍 하나가

저수지를 무너뜨릴 수도

날개에서 떨어진 못 하나가

비행기를 잡아놓고

작은 못 하나가

군함도 침몰시킬 수도

내 안에 박힌 실못 하나
그 아픔이, 상처가
잃어버린 분별심을 알게 하고
교만한 목을 숙이게도 한다
정직한 마음 깨워서
넘어진 몸을 세우기도
납작 엎드리게도 한다

세상에 작은 것은 없다
존재의 이유
필요한 자리가 있을 뿐

어쩔 수 없는 것들

햇살 내리쏟는 한낮
커튼 열기가 두려워진다
빛살 아래 흙먼지투성이 유리창
그 너머 풍경 보기가 두렵다
아무리 창 안을 닦은들
어쩌랴 내 손이 짧은 것을
비바람에도 끄떡 않는 저 요지부동
내 몸속을 들여다보듯 버티고 서 있다

매일 운동 한다고
이리 저리 내 몸을 조여보아도
아픈 다리 통증은 여전하다
목욕을 아무리 깨끗이 한들

내 안의 실핏줄 하나 씻어내지 못한다

물폭탄 장대비라도 온다면
뼛속에 번갯불이라도 박힌다면
깨끗해지려나

내 안과 밖의
저 어쩔 수 없는 것들

나를 기쁘게 하는 것들

　버스에서 내리자 황금 카펫이 온 길에 깔려 있다 어느 누구 한테 이런 환영을 받을까 따가운 여름에는 그늘을 이 가을을 물들이더니 푸른 하늘 아래 실크로드가 따로 있는가 발걸음이 사뿐 춤추며 노래하며 가자고 흔들댄다

　매월 한 번 춘천에서 만나는 소년이 대학 입학검정고시에 합격했다는 말을 듣는 순간 그의 손을 꼭 잡고 볼을 두들겨 주었다 기도해 달라는 말한 게 엊그제 같은데 그가 정보통신학교에서 해냈다는 것이 더 기쁘다 시골에 계신 조부모님은 얼마나 기쁘실까 내가 조부모인 양 정말 기쁘다

　저녁 8시 네 살 손자가 전화로 막 운다 형이 엘리베이터 안에서 자기 손을 물었단다 형을 야단쳐 달라는 응석이다 종일 입에

곰팡이 날 뻔 한 지루한 하루였는데 형을 때려주겠다고 하니 네 하고 뚝 그친다 내 심장이 절로 웃음을 뿜어낸다

캡을 쓴 50대 아들이 80대 어머니를 모시고 아파트 공원을 걷는다 한 바퀴 돌고 나면 보온병에서 따뜻한 우유를 따라드리며 도란도란 얘기를 한다 또 한 바퀴 돌면 캔디를 드리고 손잡고 걷는 모습이 아침 햇살에 더없이 빛난다 그들의 미소가 이미 내 입가에도 고여 넘치고 있다

베란다에서 자란 15살짜리 산세비에리아 두 화분이 긴 잎 사이에서 연둣빛 줄기를 세우더니 화사한 하얀 꽃을 피워내는 게 아닌가 내가 처음 보는 것이라 신기하고 아름다워 사방에 자랑을 했다. 5월의 신부처럼 흰 꽃이 준 기쁨은 키운 나만이 느끼리라 나를 위해 핀 사랑의 고백이 아닐까 향기조차 그윽하다

남부터미널역 5번 출구 버스터미널로 오르는 계단을 할머니가 짐보따리 두 개를 들고 계단 난간을 붙들고 하나하나 오르신다 서너 계단 오르시다 쉬기도 하면서 안타까운 마음만 움츠릴 때 검은 베레모를 쓴 군인이 말도 없이 할머니의 두 짐을 번쩍 들고 가파른 역사 계단까지 모셔다드리고 절을 하고 간

다. 할머니가 말할 틈도 없이 훌쩍 간다 그제야 허리를 펴신 어른은 활짝 웃는다 나도 저절로 웃음이 터진다 웃음 바이러스가 역시 인으로 함께 설어간다

나를 슬프게 하는 것들

십일월 찬바람 속에 아파트 담장 꼭대기에 홀로 피어 있는 빨간 줄장미 한 송이가 나를 슬프게 한다 마지막 잎새 하나 보다 더 외로워 보인다 내일 아침에 다시 볼 수 있을까 서늘한 마음이 앞선다 비 개인 날 아침 구구구 애타는 소리로 짝을 부르는 비둘기 소리가 창 너머 흘러들어 올 때 노래인지 울음인지 웬지 슬프게 들린다

대로변 전신주 옆에 있는 좌판 곱사등 할머니가 갑자기 들이친 가을 찬바람을 못 이겨 비닐로 몸을 감싼 채 벌레처럼 웅크리고 손님을 기다리는 모습에 마음이 울컥한다 그러나 정말 내가 살 수 있는 것이 없음이 더 슬프게 한다 비 오는 날 건물 코너 뒤쪽에서 우산을 쓰고 담배를 물고 있는 젊은 여자의 구부린 등짝을 보는 순간 불쌍한 마음이 드는 나는 누구인가 알

수 없는 슬픔이 몰려온다

　고등학교 졸업 후 50년 만에 만난 친구가 중 고교 시절 내가
냉정한 것 같아 시샘하며 혐오했다는 말을 스스럼없이 할 때 늦
게라도 소통이 된 기쁨도 있었지만 이 나이까지 지니고 산 친
구에게 할 말이 없는 상황이 나를 슬프게 한다 선후배들이 모
여 이야기꽃을 필 때 남편이 주제가 되어 시시콜콜한 일에 웃
음소리 폭발할 때 내가 같이 나눌 수 없어 입을 다물 수밖에 없
을 때 내 자신이 슬퍼진다

　엄연한 보도 위에서 보라는 듯 시동까지 켜놓고 가스를 뿜
어대며 담배까지 피워대는 젊은이들을 보면서 흰머리 날리는
나이임에도 말할 수 없는 시대에 있음이 때로 심히 슬프다 전
철 안 일반석에 앉아있는 젊은이 한 쌍이 셀프사진을 요리조리
찍으며 노약자석 자리가 없어 서 있는 할아버지를 못 본 체 할
때 공연히 시대를 탓하는 자신이 슬퍼진다

　아파트 뒷길 이층 건물이 분명히 어린이집이었는데 며칠 전
에 보니 개유치원으로 변했다 색색의 개 장난감이며 미끄럼틀
같은 여러 가지 운동기구들이 가득했다 십 년 전 뉴욕에서 개

고양이 유치원과 호텔을 보고 새로운 세상을 본 듯 신기했다
그런데 지금 8층집 딸이 개옷을 예쁘게 입혀 유치원 데려다 주
는 것을 보니 놀라움 보다는 방송에 나오는 아프리카의 뼛속이
보이는 아이들이 생각나는 것은 무엇인가 때로 알 수 없는 슬
픔이 눈을 감기게 한다

비숑Bichon*

그는 알고 있을까

자신이 말을 할 수 없다는 것을

그는 알까

자기 고향이 프랑스라는 것을

그는 알고 먹는 것일까

주인이 유기농 쿠키를 구워 준다는 것을

아침마다 먹는 사탕이

개 비타민이라는 것을

그는 답답하지 않을까

아파도 슬퍼도 울 수 없다는 것이

모피 위에 또 명품 옷을 입었지만

자신이 거세되었다는 것을 알면

주인이라도 물어뜯지 않을까

카시트에 앉아 개유치원에 가는 것이

누구를 위한 것인지

짖지도 못하고

자손도 없는 그가

오직 인간만을 위해

반려견이라는 허울 좋은 이름

족보에 목줄을 매고

그저 생명 있는 장난감으로

희생당하고 있음을 안다면

혹, 그의 조상 늑대로

변신하여 돌아오지 않을까

* 비숑(Bichon Frise): 흰 곱슬머리 털을 가진 프랑스 개

라니, 묻다

목줄에서의 해방은 곧 비극의 시작이었어요
라니는 이번 엄마가 부르던 이름이고 옛 이름은 보라였어요
조국도 고향도 모르지만 갈색 포메라니안 종이라고들 해요

섭씨 34도 숨 막히는 아침나절이었어요
커다란 흰 모자를 쓰고 시원한 코발트 빛 바지를 입고
여행 가방을 챙기는 엄마를 보고 한참 설렜습니다
이번에는 어디로 여행을 가는지…
나는 분명 호텔로, 아니면 유치원으로 보내겠구나 혼자 생
각했지요
보고 싶던 친구들도 만나고 놀이터도 재미있거든요
짐을 싣고 차에 오르니 내 카시트가 없더라고요
그냥 뒷자리에 앉아 달리는데 아주 낯선 길이었어요

엄마는 말이 없었지만 나를 같이 데리고 가는구나 속으로 흥분했어요

큰 테마공원이었어요 엄마가 같이 가다가 갑자기 목줄을 풀어 주었어요

그곳에는 다른 친구들도 많이 있었거든요 신이 나서 뛰며 날아 달렸지요 놀다 보니 엄마가 안 보였어요

내달려와 찾아도 엄마도 차도 없었어요

뱅글뱅글 돌다가 지친 채 어둠 속을 헤매다가 또 다시 노숙자가 되었지요

엄마는 한때 나를 호텔에 맡기고 여행도 가고 아로마 오일 목욕도 시키고 도그카페도 같이 가고 몇 달은 유치원에도 보냈는데…

재작년 크리스마스에 유기견센터에서 입양되어 온 지 2년 반이 되었어요

아-나는 다시 버려진 채 지린내 물씬 나는 센터에서 또 입양을 기다려야 하는 미아 신세가 된 것이 믿어지지 않습니다

제가 하고 싶은 한마디는 반려견, 식구라면서 가족이 그렇게 구성원이 바뀌어도 되는 건가요?

싫어진다고 늙었다고 버리고 세상 유행 따라 바꾸는 게 가족인지 묻고 싶습니다

어느 고양이의 기도

저는 3년째 이 집의 고참 단골입니다

산책하다 들러 친구도 만나고 정기검진은 물론이고요 가끔 쇼핑도 옵니다

우리 전용이라 개들은 밖에서 구경만 할 수 있지요

처음 예방접종 때는 무척 아프고 놀랐지만 이젠 잘 참는답니다

어려서 배변습관 때문에 상담도 하고 훈련도 받았습니다 주인께서 시간 돈 꽤나 들었지요 그래도 아직 수술 입원은 안 해서 다행입니다 체중조절도 잘되어 아주 행운입니다 가끔 암으로 장기입원하는 친구도 있지만 개들 보다 훨씬 건강한 편이지요 저도 한때 샴푸가 독해서 치료를 받고 밥도 오가닉만 먹곤 했답니다 입원한 일은 없지만 주인의 여행으로 이곳 호텔

에 투숙한 일이 있었답니다 친구들도 많지만 도우미들이 정말 친절해서 호강했지요

종종 친구들이 서로 애인 쟁탈전이 벌어지고 싸움도 하지만 미용사가 리본 장신구도 바꿔 주어 재미있었습니다 목욕도 자주하고 장난감도 집보다 더 많고 놀이시설에서 신기한 체험도 했답니다 주치의시며 주인이신 까만 머리 여선생님은 항상 내 이름을 기억해 "제니"라고 불러주어 감사합니다

저를 족보 있는 "블루 사파이어"라고 귀빈 대접을 하신답니다 단골의 영화를 누리고 있다고 할까요 집에서는 외로운 시간이 널널 하지만 여기는 무엇이나 바삐 흘러 잠을 설치기가 다반사랍니다 병원에 오는 것이 제게는 공포가 아니라 기쁜 나들이입니다 가끔 길고양이(도둑고양이라고 하는)들에게는 민망하기도 합니다 이방인처럼 쫓겨 다니는 것도 얼마나 굶주리는지도 잘 알고 있으니까요 제발 그들도 누군가의 품에 안기어 구원의 평화를 누렸으면 하고 기도합니다 추운 겨울 눈이 내리기 전에…

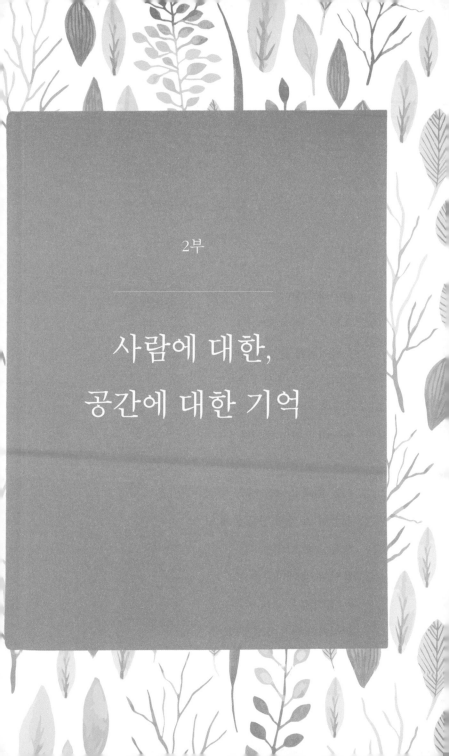

2부

사람에 대한,
공간에 대한 기억

옹알이꽃

마침내 피었다
온몸으로 피어나는
옹알이꽃이 활짝 피었다
맑다 못해 눈부신 두 눈
웃음을 가득 문 입
벙글며 옹알이가 터졌다

어둠 헤치고 나온 지
칠십여 일 만에 영근 열매
황홀한 꽃 입술
옹알이 필 때마다
온 집이 춤을 춘다
머리카락 올올이 흔들리는

저 해맑은 영혼의 웃음소리
어느 별나라에서 배운 것일까
천상에서 달려온
지상의 첫말

아가의
마법의 언어가
봄날을 흔들고 있다

몽돌*

얼마나 많은 적막과

따가운 햇살이 박힌 것일까

말로 다 할 수 없는

모래와 파도의 태장

헤아릴 수 없는 모난 돌들과의 싸움

천둥 번개를 맞던 두려움

짓밟히며 흘린 눈물은 얼마인가

된서리에 찬바람 몰아치는 밤을 지키며

입 한 번 못 벌리고 견딘 수모는

오직 별들만 알리라

이젠 깎일 것도 없이

두려움도 무섭지 않은 나이

스스로 태어난 몽돌은 없다

따뜻한 햇살에 누워
파도와 바람의 이야기
귓가에 노래로 들리지만
날이 갈수록
작아져만 가는 몸
시간이 달려올수록
스스로 할 수 있는 일이 없음을
다만 하늘을 보며
견디어 가는 것임을
바다가 가르쳐 주었다

* 몽돌파도의 물살에 닳아 깎인 동글어진 돌을 일컫는 남도지방의
  사투리

주말마다

세 남자가 가위 바위 보를 한다
술래는 다섯 살 막내

아버지는 커튼 뒤에서
매미처럼 바짝 붙어 서 있고
열한 살 아들은 그 덩치를
할머니 침대 밑 구석으로
움츠린 굼벵이처럼 밀어 넣는다
손가락 사이로 흘깃흘깃 쳐다보며
"무궁화 꽃이 피었습니다"
떠나가라 큰소리로 연신 외쳐대는 막내
엄마의 "찾아라" 하는 방송에
온 집이 쑥대밭이 된다

아버지도
형님도
막둥이도 모두 다섯 살이 된다
아우성 친구가 된다

다용도실 양동이도 뒤집히고
베란다 창고 속도
옷방 병풍 뒤도 들썩인다
옷장 속 옷들이 쏟아진다

주말마다
추억의 한 페이지가 넘어가고 있다

아스토리아 박수

막내딸을 놓쳤다
간발의 차이로
전차는 딸을 삼키고 사라졌다

난생 첫길 뉴욕에 온 지 이틀째
맨해튼 32가만 알고 떠난 딸

하늘이 뒤집어진 생이별의 순간
영어도 정신을 잃어
온몸의 소리 말로 경찰신고를 했다

1995년 6월 20일 08시
보스턴행 대학투어는 하얗게 날아갔다

경찰서에 불모로 잡혀 있는 동안
세포란 세포는 다 열어
생전에 할 기도를 다 했다
눈물 콧물 섞은 조국의 언어로

할 수 있는 것은 오직 그것뿐이었다

세 시간 만에 제 발로 돌아온 딸
아스토리아 경찰서의 주인공이 된 모녀는
뉴욕 경찰의 박수를 받았다

지금도
가슴속 파수꾼으로 살아 있는
아스토리아역 아침 7시

흔적들 사라지다

친정집이 팔렸다는 말이
얼마나 무겁든지
귀가 막힌 듯 세상이 어두웠다

소식 한마디 없이 팔린 집
나그네가 지켜도
그 자리에 늘 있거니
어머니 아니 계셔도
언제 가더라도
회색담을 어우르는 나무들
빛바랜 파란 대문이
반기며 손잡아 주었는데
마을 언덕처럼 바라보던

기억의 모퉁이도 사라졌다
온 동네가 쓰나미에 쓸려간 듯

늦가을이면,
그득히 따뜻하게 채워지던 연탄광
우물가 감국은 샛노란 향기로 반기고
연못가 죽살나무 빨간 단풍의 몸짓
대문 앞 감나무는
빨간 볼을 부비며 안겨 주었는데
이젠 없는 것들,

이 가을에는 낙엽조차 무겁다

어머니의 두 손

말끝마다
너의 아버지는 술이 병이다
절대 술은 사오지 마라
술은 선물이 아니다
푸념하시던 어머니

제철마다 담그는 과일주며
수삼만 보면 인삼주로 변신시키시고
비행기 타고 온 양주는
그리도 반가와 하시며
다락방에 숨기기 바쁘셨다
손님만 오시면 약주상에
온 마음으로 정성들이던 손길

아버지 가신 후에는
말도 허공에서 돌고
손도 더불어 빈손이 되었다

술이 병이라던 손사래는 약손이고
술 담그시던 그 손은 참손이셨는지

망월望月

강원도 평창 이승복 기념관 북쪽
옛 초등학교에서
색 바랜 손풍금을 보는 순간
아버지가 달려오셨다

고만고만한 딸 셋 가득했던
문간방 마루에 앉아 친구가 되었던
바로 그 풍금 앞에,
입이 벙글어진다

어느 달빛 환하던 밤
거나하게 취하신 아버지가
어둠을 밝히며 싣고 오신 풍금

그 밤의 잊을 수 없던 기쁨이 살아왔다

자박자박 비오는 날이면
손수 노오란 황금 카레를 만들어
코를 벌름거리며 먹던 저녁
SB카레 빨간 통만 보면 지금도
아버지는 가슴 속으로 들어오신다

어느 날은 초승으로 떠
가물가물 흐려지다가도
어린 날의 책상 위로 가면
아버지는 여전히 보름으로 서 계신다

아버지의 의자

아버지의 아버지가 살던 집에서
홀로 노환을 앓고 계신
강릉 최씨 99세의 아버지를
예순 살의 아들이 모든 일을 접고
서울서 달려와
오 년째 병 수발을 한다

앉는 것조차 힘드신
활처럼 굽은 아버지의 등
식사하는 밥상 위
고개조차 가누기 힘들다
아버지의 등 뒤에 바짝
니은 자로 앉아

아버지의 등받이가 되어
아들 등짝은 바로 의자가 된다
마른 장작보다 더 마른
아버지의 등뼈가 살을 찌른다

아픔과 지난 시간들 저려와
눈물만 소리 없이 옷을 적신다

혈연이란
1100 고지의 발 시려움 같은 것*이라는
소설 속 아릿하던 문구가
내 머릿속을 두드린다

* 김훈 소설 『공터에서』에서 빌려 씀

가야 할 길

한 주 전 "알았다" 하시던 시어머님
마지막 쉰 목소리 남기시고
누구에게 묻지 않아도 되는
그 길로 기어이 가셨다

105세 생신 달
어버이날 하루 전 주일 아침
내일 뵈러 간다고
명란젓 양념하고 장조림 찢어놓고
문어다리 녹여 놓았는데
기다림에 지치셨는가
'심정지'라 하신다

주님이 날 잊으셨다고

주님이 내 기도를 잊어버리셨다고

남들은 내가 호강한다 해도

내 맘대로 걸을 수 없는 것은

살아 있는 감옥이라던

그 투정, 창 안에 메아리 가득하더니

햇살만 가득 흔적도 없네

황천 가는 길엔 주막도 없다는데

아침도 못 드시고 가셨다

이름표 붙은 채 남겨진 반찬통들

차마 열 수도 없어 바라만 본다

마음의 집 한 채가* 또 허물어졌다

* 이승하 시 「혜초의 길」에서 빌려 씀

짝을 맞춘다는 것이

밥상에 그릇들이
다 제각각이라고
이쁘지 않다고
깔끔치 않다고
딸이 투정을 한다

살아가는 일에
짝 맞는 일이 얼마나 있으랴

세월에 얹혀서
그냥 맞추어 가는 것
마음의 눈금을 재단하며
가슴을 훑어가는 길

심장이 교만한 남자

　새벽녘에 배가 아프기 시작했다 날이 밝기만 기다리며 잠든
얼굴 눈치만 보았다 예정일보다 보름이나 앞선 진통이 오는 것
을 알면서도 걱정은 시골서 상경한 시모와 시누이였다 두 번째
출산이지만 두려움은 여전했다 병원에 내려놓고 간 아비는 출
산 4시간 후에 싱글거리며 나타났다 첫째 때 진통이 오래 걸려
테니스를 치고 왔단다 첫 아이도 집에 있는데, 이런, 가당키나
한 행동인가 시자 이웃이 있어 속울음만 울고 말았다 주인공은
아니라도 배경조차 되어 주지 못한 45년 전 그때 그 사람, 바로
그때 뺨을 때려 주지 못한 것을 지금도 후회한다

마당, 걸어오다

외갓집 디귿자 초가집 안마당
우리들의 방학 광장이자 놀이터였지
사촌들과 고무줄놀이 사방치기 땅따먹기…
숨바꼭질 숨을 구멍은 사방 천지에 널리고
아침 싸리빗질에 빗금 물결 흙바닥
맨발로 폴짝 뛰며 발자국 그림을 그리던,
여름날 저녁놀 제 집에 들면
모깃불 쑥향 맡으며 눈물 흘리며 나눈 만찬자리

북쪽 안채 그 뒤엔 장독대와 초가 김장간
남쪽 사랑채는 곰방대 모양 길게 누워 있고
동쪽 과방간, 곳간 옆 행랑방들
대문 옆 돌담 우물 뒤안엔 늙은 감나무 우뚝

밤 마당에 앉으면 온 별들이 얼굴 내밀고
사방 방문짝들이 쳐다보는 우주의 한 켠이었지
가을 마당질 땐 나락들이 일광욕을 하고
막내 외삼촌이 초례를 치른 예식장
대보름날 풍장꾼들의 공연장이자 윷 놀이터로
물레질 하는 날은 종일 번데기 냄새 울안 넘치고
피난길 육각모 쓴 인민군들 쳐들어와
칼창 든 발길질로 공포의 도가니이던…
그 마당 자취 없고 낯선 이층집 하나 서 있다

베란다 꽃물 주는 하늘 끝
그 마당 그림자가 나를 흔들어대곤 한다

꽃잎 스러지듯 가다

전화번호 하나가 또 날아갔다
유월 장미들은 한창 벙글고 있는데
집에서 쓰러진 사촌이
뇌졸중으로 말을 잃어 버렸다
세 분은 하늘나라로 이사를 가셨고
올해 벌써 네 번째다

전화 걸 데가 줄어드는 게 늙는 거라고
중얼대시던 엄마의 말이
내 곁을 서성거리고 있다

병원 전화번호는
손짓 안 해도 저 홀로 찾아오고

늘 통화하던 전화번호
어느 날 흔적도 없이 묻혀버린다

백일홍이 뜨락에 흐드러지게 피면
꽃들이 깔깔대며 쳐다본다던
그 청아한 사촌의 말소리
귓가를 맴돌다 사라지곤 한다

어떤 이들의
멀리 있던 이야기들이
활자판에서 하나둘 삭제되듯
줄장미의 진한 꽃잎
그림자도 없이 스러지듯
빈손을 돌아보게 한다

명절예보

눈썹달이 얼굴 내밀자
머릿속이 엉클어지기 시작했다
음식 접시들이 여기저기서 보채고
선물 보자기들이 들락날락
어른들의 얼굴이 창 너머 빙빙 돈다

성묘 길들이 구불구불
어질어질 돌아간다
벌초 날은 손짓 안 해도
제초기 소리 새벽을 가르며
쓰러진 풀잎들
푸른 영수증을 내밀고 있다
손마디들이 칭얼대기 시작하자

머리끝이 우지끈

웃던 달이 찌그러진다

가슴속에 구멍이 숭숭 난다

달은 이미 차오르고

담 너머 갈바람이 달려와

마른 손을 어루만진다

은하를 등진 달빛이

살그머니

구멍 난 마음밭을 안아주고 있다

명절, 두 얼굴

명절 보내고 나면
이것은 아니라는 생각이 발끈
이제는 바꾸어야 한다
아니 버려야 한다고
다짐하고 되뇌인다

그날이 가까이 올수록
갈등의 골은 깊어만 가다가
지난 세월의 골이 더 깊어
어느 날 뜬구름이 되어 흘러가 버린다

이 방 저 방 뛰노는 손주들의 웃음꽃
오거니 가거니 날개를 다는 소식들

핏줄의 그물로 촌수를 헤아리며
아른거리는 눈길들

묶어 두었던 다짐들은
시절의 바람에 날개를 달고
머릿속이 하얗게 바래며
이미 한가득 상이 차려지고
걸음은 이내 시장으로 내달린다

닮았네

원주 중앙시장 골목 뒤켠

하얀 스티로폼 방석 하나

보라꽃 몸뻬바지 다소곳이 앉아

함빡 웃으시는 할머니

검은 콩깍지 콩나물 한 시루

숨죽은 산나물 한 소쿠리

깐 마늘 한 됫박

삭힌 고추 한 양푼

새까만 무장아찌 한 사발

나란히 나란히

발걸음 소리를 기다린다

버스 타고 온 나물들은

멀미를 했는지 지쳐 있다
찬물 샤워로
할머니의 곱슬곱슬 파마머리처럼
굼틀굼틀 다시 일어서는 나물들
얄궂게 고부라진 콩나물 등허리는
미소 짓는 할머니 눈썹달이다

이천 원어치나, 삼천 원어치나
할머니 손은 그 손이 그 손이다
다 그만큼이다

시나브로 비워진 그릇 속에서
잃어버린 어린 날들
어머니의 추억이 걸어 나온다

열무 앞에 고개 숙이다

그의 이름은 '일산 열무'
종자 이름인지 출신지 이름인지 모르지만
그는 나를 유혹하기에 충분하고도 남았다

맑은 연둣빛 아담한 키에
튼실한 뽀얀 뿌리까지
내 눈은 이미 열무김치에 꽂혔다

묵직한 한 단이 3500원
담배 사러 온 청년 손에 든
그린 컵 커피는 4500원
쉰일곱 뿌리나 되는 친구들
열무 다듬는 손끝이 가뭇가뭇해지며

마음이 사뭇 시리어 온다

다듬어 자르고, 벗기고

칼자루 움직일 때마다

농부의 살가운 발자국 소리가 들린다

밭 갈아 씨 뿌리고

물 주고 솎아내고

천둥 번개에 쓰러질까 맘 졸이며

열무를 섬겼으리라

절여 놓은 열무 위로

농부의 땀방울이 스물스물 고인다

풀국에 갖은 양념

신의 숨결과 농부의 정성이 잘박거린다

한 달은 족히 먹고도 남을

나를 위해 자기 몸을 버린

삼천오백 원어치 양식

고개가 절로 숙여진다

장맛비 구타하다

농부의 얼굴은
검푸른 빛으로 반만 웃고 있었다

블루베리는 사흘간의 장맛비에
마구 구타를 당해 짓물러 있었다
첫 단비에 웃던 해맑은 얼굴
연 사흘 몽둥이 비에 얻어맞고
상처투성이에 눈물범벅이었다

농부는 터진 베리는 다 먹으라 했다
상품이 안 된다 하면서,
추수한 것보다
배 속으로 들어간 베리가 더 많았다

얻어맞은 블루베리만큼이나
그들에게 우산이 되어 주지 못한
농부의 아픔
잃어버린 반쪽의 웃음을 찾아
게우도록 한껏 먹은 베리

내 얼굴도 그냥 검푸르러서
반만 웃고 말았다

하늘공원

쓰레기 없는 곳은 천국에나 있을까
하늘 위 우주를 떠도는 위성들
태평양 바닷속 골짜기까지
세상 모든 곳에서 버림 받은 것들,
때로 버려진 것들의 역습이
두려워지기도 한다
날마다 키가 더 자라가는 쓰레기차들
그들 속에도 푸른 숨소리가 있다

하늘공원의 본명은 난지도이다
난초 지초가 지천이던 꽃섬이
어느 날부터 방죽이 만들어지고
하루 삼천 대의 쓰레기가 매립되던 곳

수백 명의 삶의 터전이자

파리, 먼지, 악취의 삼다도가 되어

오던 바람도 되돌아가던 섬이었다

신의 손길과 사람의 인고로

마른 뼈가 생기를 얻듯*

푸서리 지나 새 생명으로

사계절이 철따라 춤추고

하늘 숨이 살아 있는 곳

지금 그곳 난지도에서는

신이 웃고 계신다

*『구약성경』「에스겔서」에서 인용

뱀사골 편지

내 고향은 지리산 뱀사골입니다

저를 사람들이 고로쇠라고도 하고 골리수라고도 한답니다

내 피를 마시면 사람들의 뼈가 튼튼해진다나요?

이뇨작용 위장장애에도 좋대요 미네랄이 워낙 많아서요

내 피는 채혈 허락도 없이 동네방네 마구 퍼 가더니

이젠 허가가 있어야 한대요 무슨 자격이 있는 건지…

유구무언이지요 내 하얀 피를 사람들이 그리 좋아한다니요

정월이 가면 내 핏줄 펌프 소리를 듣는지 귀신처럼 구멍을 뚫지요

봄날은 이렇게 아픈 날로 시작되는 슬픔도 있답니다

죽도록 아파도 언감생심 비명이라니요?

나를 찾는 사람냄새 그 손길 고맙기도 해 숨죽이고 있답니다

내 순수한 피의 가치를 알아주는 감사를 속일 순 없지요

사람도 채혈을 하면 곧바로 몸이 새 피를 만든다지요

뱀사골 초자연의 은혜를 믿기에 기꺼이 다 드린답니다

제가 아프다는 소리 안 한다고

제발 드릴로 뚫고 또 뚫고 하지 말아 주세요

그러다 저도 천국 갈지도 모르니까요 저희들이 건강해야,

우리가 있어야 구불구불 뱀사골 맑은 계곡을 즐기실 테니

까요

제 하얀 피 수혈 하시고 혹 핑크 피는 아니 되셨는지요

그러다가 우리처럼 이백 살도 사실런지도 모르지요

혹 만나면 꼬옥 포옹이라도 해 주셔요

그래도 우리는 피를 나눈 형제인데…

비 오고 단풍 피고
– 개심사에서

가뭄다고 가뭄다고
여기저기서 안타까운 걱정소리
바로 어제인데,
밤새 내린 하늘 물
바람에 실려오는 빗소리
모처럼 낙숫물 줄줄 흐르는
툇마루에 앉아
입꼬리 저절로 귀에 닿는다

비를 안고 떠난 서산 초행길
산도 길도 계곡의 물길도
우산도 덩달아 단풍으로 피었다

잃어버린 바윗물 소리
하늘의 음성으로 살아온다

비바람 운무 속에
부대끼며 몸부림치는 단풍꽃들
마치 떠나야 할
마지막 시간을 아는 것처럼
오방색을 더하여 빛난다

스러지면서 초연히
생명의 진을 토하고 있다

아직도 살아 있다는 것은
– 용문사 은행나무

그는 거룩하게 도도히 서 있다

천왕목天王木의 면류관이

당상직첩堂上職牒* 벼슬이

명목名木이라는 이름이

전혀 부끄럽지 않은

가까이 하기에도 떨리는 장엄이다

초록물에 젖은 옷보다

가을 황금색 빛나는 옷보다

우람한 기상의 나목裸木

천삼백 년 고찰 용문사를 지켜온

그 위용 앞에서

그를 지으신 하늘에 찬송하고 싶다

용문산 백운봉 계곡의 혹독한 칼바람
헤일 수 없는 우뢰와 폭서를 이기며
아득한 시간을 견디어온
아시아의 제일 거목 앞에
그냥 겸손히 엎드리고 싶다

아무도 지켜보지 못한
일천백여 살의 나이
울울창창 숲을 거느리고
무언의 설법을 토하는 듯
천 년의 고독 앞에
그저 고개 숙일 수밖에 없다

그가 아직도 살아 있다는 것은
이 땅, 말 없는 기쁨이 아닐까…

* 당상직첩 : 세종대왕이 은행나무에 내린 정3품의 벼슬로 당상관이
   라 함.

노르웨이 꽃

하늘 호수가 터진 듯

원시의 소리로

휘돌아 내리치는 폭포

비바람 타고 흐르던

자작나무 숲의 흐느낌

밤 열 시의 하얀 하늘

도망 간 여권의 탄식도

날아가 버린 지갑의 분노도

풍경 앞에서는 넋 놓고

해맑갛게 웃을 수밖에 없다

노르웨이 숲에는

가문비나무 사이로

소소한 바람 이야기들
다복다복 술렁대며 흐르고 있다

눈 감고 헤아리니
풍경도 설렘도 시도 잠들고
만나고 스쳤던 사람들이
밤바다를 동행하던 별들 같이
꽃처럼 겹겹이 피어 살아온다

수동식 호텔 외레브로Orebro

진한 밤중에 도착한

이름하여 First Hotel Orebro

Orebro Chamber Choir*가 떠올라

크리스마스 계절이 아니라도

크리스마스 캐럴이 들릴 듯

설렘으로 기다리던 호텔

5층 호텔 엘리베이터는

오직 한 대, 그것도 수동식이라니

게다가 여섯 계단을 올라가서 있다

사람 둘 가방 두 개면 꽉 차는 수동식

손고리로 열고 닫아야 작동한다

밤 11:30부터 새벽 6:30까지

사무실에 철제 셔터를 내리는
어느 곳에서도 못 본 호텔 로비

흑백 디자인의 5층 객실
옥탑 방에나 있을 법한
동그라미 유리창문은
요정이 날아들어 올 듯싶다
절대 잃어버릴 수 없을
주먹만 한 무쇠 방 열쇠
십칠 세기 유물이 아닐는지
홈 메이드식 뷔페식당은
이십일 세기 첨단의 모델이다

수동식 엘리베이터 앞
긴 줄로 서서 구시렁대는 손님들은
추억을 한입씩 먹고 있다

* 스웨덴 중부 도시에 있는 합창단

북위 45도 21

시월

찬 비 내리는 밤

숨차게 달리던 소야열차가* 급정거를 한다

사슴이 치였다는 안내방송

비 맞은 역무원의 잰걸음이 정적을 깬다

죽었을까

살았을까

뿔이 있었을까

어떤 울음을 토해냈을까

차가운 빗속에서

어디를 가고 있었을까

달리는 기차의 한 점 불빛을

구원의 희망으로 잘못 본 것은 아닐까

어둠 속에서

아무리 눈을 크게 떠도

어둠만 더 짙어갈 뿐

갈 바를 알지 못하는

삶의 암흑길

빛이 다 빛이 아닌 것을

어둠의 그림자는 말하지 않는다

지나온 길

뒤돌아보면 그제야 보일 뿐

* 소야열차 : 북해도 삿포로에서 최북단 와카나이까지 운행하는 특
  별열차

바다의 영혼 훔치다

는개가 막새바람을 타고

쏜살같이 유리창을 가린다

세토 오하시* 철교를 달리는

마린 라이너 이층 기차 반지하 좌석

아련하게 손에 잡힐 듯

반쪽 풍경이

자무룩한 바다로 빨려간다

먼 섬은 달려와

큰 섬이 되어 눈앞에서 사라지고

달려온 풍경은 이내 자취가 없다

오로지 철로만이 살아

갈 길을 지킨다

해무에 갇힌 먼 섬

내달리는 풍경

차마 눈으로 보낼 수 없어

카메라는 숨도 못 쉬고

연신 마시며 삼킨다

바다의 영혼을 찾아

풍경을 읽으며 달린다

* 세토 오하시 대교 : 일본 혼슈와 시코쿠를 연결하는 13,852미터의
  세계에서 가장 긴 바다 철교

바다가 내게로 왔다

종일

바다는 울었다

가뭇없이 밀려와서는

부딪치고

하얗게 부서지며

눈물 없이 씻을 수 없다는 듯

몸부림으로 울고 떠난다

저 햇살에 빛나는

황홀한 물나비 춤은

먼 길 달려와

실컷 울고 간 까닭이리라

소용돌이 없이

부서지지 않고
바위를 깎는 아픔이
없었다면, 썩으리라
소금물도 고이면 녹이 슨다

사람도 때로 울 때가 있어야
시린 뼈가 따스해지리

저무는 바다 앞에서
바다를 배우고 있다

정동진에서

이 하늘가
이보다 더 큰
기쁜 소식 있을까

온 세상
설매화가 피어난다

하늘도
땅도
바다도
경계선을 허물고
숨 막히게 내리며
한 몸으로
달려오는 춤 판

신나는 광고

"요술 배변 밴드
28배 강한 흡수력
99.8%의 탈취력
고급 천연펄프
다이아몬드형 압축 흡수
부피는 반으로 양은 두 배로"

"동시 주문 300분" 문자가 자나간다
강아지도 놀라는 개 기저귀의 마력!
여자의 미소가 방울방울 흘러넘친다
여자의 눈이 호두알처럼 점점 커지고
리모컨 든 손이 올라가더니
귀도 입술도 쫑그린다

이젠 아기들도 다 커버린
노인이기에는 아직은 젊은
장모치와와를 안고 있던 여자는
재빨리 컴퓨터를 두드린다
"주문 완료"를 확인하는 미소

사십여 년 전 기억들이 기어 나온다
장마철 궂은 날이면
선풍기를 동원해 말리고
급하면 다리미로 다려 말리며
바지랑대에서 만장처럼
휘날리며 키 재기 하던
햇살 안은 새하얀 기저귀들
이젠 없는 옛 그림이 되었다

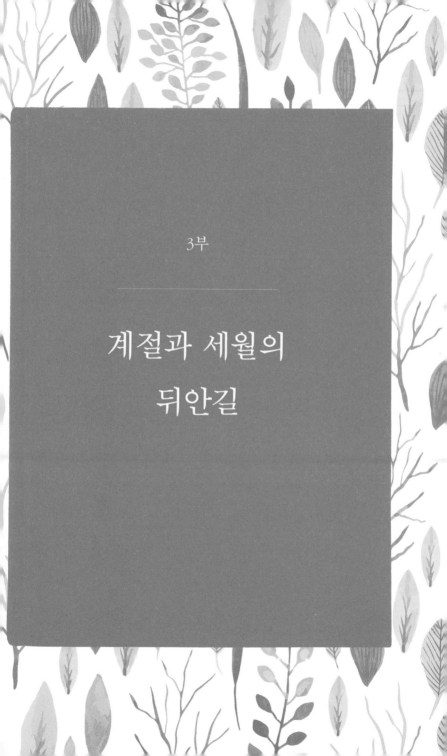

3부

계절과 세월의
뒤안길

그리운 빈자리

수묵의 낯으로 오던 산이
수채화 초록 옷깃을 날리고 있다

사방이 어둠속 아우성 일어도
기별 없이 안겨오는 계절

핏물같이 고이던 슬픔
그 슬픔이 힘이 되어
꽃을 읽으며 사람을 보듬어
새 길을 만들어 걸어간다

아침 해 밝던 빛살
어느 구름이 덮쳤는지

창살마다 매달린 눈물

시간의 초침이 멎었을 때
담담히 헤쳐간 날들
꽂진 자리, 흔적도 없어

병풍처럼 곁에 앉아만 있어도
문득 그리워
먼 산속으로 눈물이 달려간다

사소한 기쁨

1.

손톱만 한 노오란 씀바귀꽃이 담장 돌 틈에 기대어 날 부른
다 팔랑팔랑 손짓을 한다 그저 한낱 풀이었던 것이, 보이지
도 않던 꽃들이 이름표를 달고 내 손을 잡아준다

2.

무심히 걷던 숲속 한켠 풀섶에서 별꽃 피는 소리가 귓가로
와 바람을 일으킨다 산잡목 무성한 길가에 핀 무찔레의 향
기에 콧속이 황홀해지고 그윽한 슬픔같은 하얀 꽃잎의 눈짓
이 내 미소를 빨아들인다

3.

후두둑 비 오신다 뛰어가 창을 열고 유리창 가득히 수놓은 물방울들의 연작을 만져본다 눈물처럼 스러진다 빗방울의 찬 기운이 마른 가슴을 안아준다 얼마 만에 오신 귀한 손님 인가

4.

마룻바닥에 떨어진 제라늄 새빨간 꽃잎들이 유화 한 폭을 그려 놓았다 만지면 상할까 밟을 수는 더욱 없는 살아있는 죽음 화려한 슬픔을 바라만 본다 예전엔 바로 쓸어버렸을 꽃잎을 눈에 쓸어 담는다

작고 하찮은 것들 지극히 사소한 것들이
비밀의 커튼을 열며 다가올 때
잃어버린 영혼을 찾아낸 듯
맑은 기쁨이 춤을 춘다

꽃도둑

꽃들이
밤사이 샛노랗게 폭발했다

쓰레기 버리러 간
한밤중
개나리 왔다는 소식
소살소살 부르기에
두어 가지 훔쳐왔다

식탁 위 주병에 세워주고
미안한 마음 담아
물 한 잔 부어 주었다
남은 술에 취했는지

이른 잠을 깼다고
노랑 얼굴을 디민다

도둑 덕분인지
일찍 집 나온 덕분인지
내 집을 찾았다고
노랗게 활짝 웃는다

분꽃

해질 녘 기다렸다는 듯
하나둘 우르르 얼굴 내밀어
발길을 빼앗는다

대낮 푸른 하늘을 마다하고
노을 빛살을 타고
막내딸 입술연지 피듯
진분홍 꽃잎 열린다

낮에 자는 속내
밤하늘 누구를 연애하느라
긴 밤을 지새우는가
어느 별에 물어 알려나

박꽃 닮은 하얀 속살 감춘

새까만 주름 방울 씨앗

온 밤을 삼킨 생명이려니

새들 눈 뜨는 새벽이면

어느 사이 잠들어, 하릴없는

손녀딸 작은 볼우물만 같은

뜬눈으로 지새우는 밤 지킴이

어둔 길 꽃등인 양

불 밝히며 서 있다

소소한 하루

귓속을 할퀴는 매미 소리
햇살은 숨구멍을 찌른다

이열치열, 차를 우린다

초승달 우전차 두 잎
찻잔 속으로 동동
얼굴을 쑥 내민다

잊고 있었던 친구
소식도 없이 문득 나타난 기쁨
연둣잎 편지런가
가만히 들여다본다

속설을 믿기로 했다

찻잎이 잔으로 빠져나오면

행운이 온다는 그 말

어떤 하루

폭염주의보가 또 쳐들어왔다
눈 감기는 햇살 조각들이
창에 찰싹 달라붙어
계속 두드리며 밀고 들어온다
능소화도 땡볕을 몇 대 맞더니
목을 길게 떨구었다

창틀 먼지를 닦다가
새까만 먼지에 진저리를 치다가
점심 찬을 챙기다가
화분 목욕시키고 비료를 주다가
마신 찻잔을 오랜만에 삶다가
사방 그득한 더위가 미워지다가

미루고 있던 「신명기」 8장을 필사하다가
서랍 속에 밀쳐 두었던
시 서너 줄 기둥을 고쳐보다가
조지 윈스턴의 피아노에 귀를 담그다가
시간들은 간 곳 없고
더위는 여전히 함께 갇혀 있다

한밤
열사흘 달빛이
불볕 조각들을 다 삼켜 버렸다

향기로 말하다

수년 간 꽃을 피우지 않고 잎만 무성하게 마치 경주하는 양, 키만 자라는 동양란에게 밥을 주다가 난 잎에 눈을 찔렸다 눈물을 흘리며 쏘아붙였다 꽃도 못 피는 게 밥 주는 주인을 찌르다니 때려주지도 못하고 마루 끝자리로 옮겨 놓았다 부주의했던 내 손은 면죄부를 주고 충혈로 병원에 갔다 와 또 한 번 야단을 쳤다 '꽃도 못 피우는 놈'이라고

무섭던 더위가 고개 숙이던 8월 말 눈길을 의심했다 노오란 꽃대가 올라와 버티고 있는 게 아닌가 그것도 네 대나 이 여름날에 독기를 품었구나 네 그루 꽃대에서 핀 연미색 샘에서 뿜어내는 꽃의 향기라니 코가 먹먹하며 절로 눈이 감긴다 나도 자존심 있다고요라고 외치는 듯 나무람이 들린다 내 눈을 노려보며 꽃 날개를 치켜 올려 '나 이런 꽃이라고요' 내 코를 마비시키고 있다

말복

새벽을 가르며
매미가 무식하게 사납게 운다

대나무 의자에
반벌거숭이로 박혀 있어도
열꽃이 떠나지 않는다

선풍기 홀로 텁텁하게 돌고
에어컨은 종일
비석처럼 묵묵히 서있다

혼자서 에어컨을 쓴다는 것은
지구에 죄를 짓는 마음 같아서

코스모스를 말하다

홀로 피어 있는 것은
코스모스가 아니다
흔들리지 않는 것도
코스모스가 아니다
눈 바라기를 모르는 것도
코스모스가 아니다

잡힐 듯 잡히지 않아
하늘하늘
하늘만을 바라며
허물없는 순정 같은 꽃
화려한 것도, 그렇다고
결코 수수하지도 않은

더 잘난 것도
더 못난 것도 없는
그 꽃이 그 꽃인
한결같은 꽃
그 꽃이 코스모스다

아무도 선물로 주지 않는
꽃꽂이도 하지 않는 꽃
논둑에 갓길에 기찻길 옆에
그리움의 띠로 피는 꽃
가을 하늘보다 먼저
마음의 능선으로 내려와
가슴에 먼저 피는 꽃
그것이 코스모스다

네 시절이 아닌데

백로도 지나고 매미소리도 죽었는데
왕파리 한 마리가
저녁 밥상 위로, 천정으로 어지럽다
싸움을 하다 포기했다
네 시절이 아닌데
살려는 그 애처로운 앙탈

불쌍히 여기기로 했다

새벽, 창문을 열다 깜짝 놀랐다
창틀 바닥에 나딩구는
검은 사체 하나
그 왕성하던 날개 고이 접고

다소곳이 굳은 몸뚱이

시커먼 사건 하나가
온 뉴스를 삼켜버리고 있다
그도 한 시절을 모르느니
가시덤불이 활활 타오르고
곤고한 날이 기웃거려도
인생과 짐승의 호흡이 같아서인지*
접시저울로 산을 달아올리려는가**

억장이 무너지는 거짓 소리들
무창포 신비의 바닷길처럼
그들 감긴 눈이 열렸으면
어둠이 이 땅을 밟지 말기를
젖은 옷이 다시 젖지 않았으면,

* 『구약성경』「잠언서」3장.
** 『구약성경』「이사야서」40장에서 빌어 씀.

가을 마르다

소리 없이 비가 내린다
이왕에 가을을 보내려거든
소리라도 시원히 지를 일이지
저 꽃단풍 불꽃 지르듯이

청소기를 돌리다가
바지 허리춤이 스르르 풀어진다
질질 운동화 끈이 밟힌다
모두가 편하게 묶는다고
느슨히 맨 게 화근이다

매사가 편한 길로만

조율을 잊어버린 피아노처럼

리듬을 잃은 노래로

삶의 순간들이 좀 슬 듯 지나간다

말갛던 햇살도 길게 눕고

소리 없이 마르는

빨간 고추같이

자울자울 졸며 가을이 마르고 있다

철없는 것들

배춧단 무우 다발 가득 쌓인 한 켠
비닐봉지 속에 납작 엎드려
배시시 배내웃음 짓는
노오란 봄동

감귤 무더기 대봉감들
줄줄이 바투 선 사이
빠알간 얼굴 내민 딸기팩

겨울 이제 오시려는데
봄동, 딸기라니
뻔뻔스럽기는
철이 없기로서니

십일월 뒤켠

절기는 소설

눈은 내릴 기척도 없는데

배추밭 푸른 고랑

즐편히 누워 있고

회화나무 초록물도

이제사 시들고 있는데

은행나뭇잎들

바람 속 나딩굴며 쓸려 다니는데

십일월 심술

종일
오는 듯 마는 듯
기척도 없이 부스스
쓸어 담으려도 담을 것도 없다

천지사방 회색빛
버거운 삶까지 더 무거워지는
괴괴한 시간의 기운

그렇지 않아도
무덤덤한 하루가
도무지 무엇 하나 잡히지 않는다
가물어 애태우던 날

비웃기라도 하는 것인지
확 걷어차 버리고 싶은
허수아비같이 낯선 하루

비도 아닌 것 같은 비가
사분사분거리며
빈손만 같은 하루를
촉촉하게 적신다

숨 쉬는 문

온몸을 감싼

하얀 문풍지들이 바르르 떤다

태백산 섣달 바람이

힘겨워 우는지

이야기라도 하는 듯 바들거린다

문살 대오리 칸칸에 실은

사라져 간 굴곡의 사연들

얼마나 많은 사람이

들고 나며 인연을 쌓았을까

닳아지다 못해

반질반질, 동그랗게 웃는

검은 문고리

어느 아재들 손에
나무오리가 휘었을까
앙상해진 문살들
박사 창호지에
야윈 몸을 기대고 있다

침묵으로 견디어 온
일백하고도 오 년
산천도, 인적도 흩어져
세월의 아픔 잊은 체
삶의 향기를 보듬고 있다

동짓달 눈물

동짓달, 몽탁* 바다 끝에서
벼락 치듯
울컥 눈물이 솟는다

피는 듯 지는 듯
노을의 오로라를 만난 순간
알 수 없는 막막함이
머리를 덮친다

물이랑 위로 햇무리
황금 비단길로 깔렸건만
안으로만 소용돌이치던 날들이
불타며 절규하는 듯

벙어리같이 메어오는 울음

이젠 주소조차 알 수 없는 설움
세상에서 헛디딘 자국들
기억조차 싫은 삶의 생채기들이
밀려, 밀려 오며
노을 불에
몸부림치고 있다

지상의 순례길
아직 갈 길이 먼데

* 몽탁(Montak) : 뉴욕주 롱아일랜드에 있는 지명

동지

그곳은 빛이 오는 길이다
수평선 위로 시커먼 그림자
피멍 든 구름 사이 붉은 점 하나
세상 어둠을 삼키고 있다

광화문을 점령한 촛불의 아우성
시청 광장을 덮은 태극기 물결
어둠의 그림자들 출몰하는 사이
새 빛이 잉태되는 곳이다

세계적십자사의 푸른색 버스로
알레포*를 탈출하는 시민 행렬
피와 눈물을 안고 떠나는 걸음

새 평화가 움트는 곳이다

혼돈과 어둠이 공허를 흔들 때
살얼음 눈 속에서 복수초 눈 뜨듯
동지 햇살 일어 대지를 덮으면
봄날이 달음질을 하리

온 땅에 새 생명이 춤을 추리

* 알레포(Aleppo) : IS에 점령되었던 시리아 북부의 최대 도시

난蘭

무슨 인연이 있어

내 작은 베란다에 초대되어

가족이 되었는지

여덟 개의 난분과

열두 개의 꽃분들이

좁다는 투정 한마디 없이

오직 나만 바라며 같이 늙어가고 있다

덥다고 문 열어 주고

춥다고 비닐 이불을 덮어준들

어찌 땅에서 발 딛고 사는 것만 할까

분갈이는커녕

철따라 비료도 제때에 못주고

그저 찬물만 마시게 한다
시원한 콧바람도 없는 곳에서
목욕 한 번 시원히 못 시키는
빚진 자의 마음이 가슴에 늘 고여 있다

난분들이 동거한 지도 십오 년
내 머리는 온통 서리로 덮었어도
키도 몸짓도 한결같이 휘어진 그대로
저 고고한 내공
시샘하지 않고 피고 지며
눈 감기는 향기를 뿜어낸다
오직 찬물만 주는데

함께 산다는 것은

열일곱 살 난초는
더도
덜도 아닌
키도 몸도 그만큼
항상 그렇게
허공에 기대어 있다

가깝지도
멀지도 않게
그저 무심도 아닌
그러다가
뭉클한 마음 얹어가며
때로 눈물도 섞으며

한결로 그렇게
오십여 년 궤도를 가고 있다

함께 산다는 것은
서로 죽어야
그리 사는 것이리

대답 없는 청진기

나이를 왜 세느냐던 그녀

적어도 여든네 살까지

가방 속 청진기는 1번 필수품

어디서나 준비된 의사였다

그는 새벽 창을 열면

앞동산을 향해 절을 한다고 했다

다람쥐 청설모 산토끼

가끔은 사슴까지 다녀가는 뜨락

자연에 감사하고 하루를 연다던 그녀

한국무용만큼 좋은 운동이 없다며

하얀 머리 날리며 학춤을 즐기던 분

손자를 위해 의학강의록을 만들며
활짝 웃음꽃을 피던 열정
뉴저지 한인회관 자원봉사 10년

추석 명절에 연락이 되지 않는다
어느 날 집을 못 찾더니
알츠하이머에 갇혀 산다는 소식

그 뜨겁고도 호젓하던 가슴은 어디에,
그 날렵하던 육신은 왜 있을까
찬 가을바람에
까맣게 타버린
늙은 거미*가 눈에 어른거린다

* 김수영 시 「거미」에서 빌려옴

슬픈 잔치

초상집에 가는 것이
잔칫집에 가는 것보다 낫다*더니
장례식장은 슬픔을 차린 잔칫집이다
핏줄이란 핏줄은 다 모이고
얽히고설킨 인연은 다 걸어 들어온다
망자는 없어도
세상 소식들은 날개를 달고 들어와
온 사흘 밤낮을 불 밝히며 애통한다

한 송이 꽃을 드리며
모질던 마음도 고개 숙이고
날 선 칼 같던 미움도
뜨거운 눈물을 삼킨다

원망도 분노도 그대로 주저앉아

회개와 용서가 서로 어깨동무를 하고

슬픔 곁에서 기쁨이 일어서기도

묵은 추억들이 살아나와 웃음판을 그린다

질식해 있던 사랑이 다시 싹을 틔우며

지난 시간들을 이별한다

삼베꽃 하나

가슴에 달아드리는

또 하나의

영원한 생일을 맞는 날이다

*『구약성경』「전도서」에서 빌어 씀

던져 버리다 1

어느 날
머리카락 숲속에서
하얀 신음소리가 들렸습니다

어차피 답이 없는 삶

녹슨 펌프에서도
단물이 나온다는 말을 믿어
세월의 무게를
달게 지고 가기로 했습니다

사람들의 눈길을 떠나
염색과 퍼머의 유혹을

기꺼이 던져버리기로 했습니다

내 안에 가두어 두었던
자유의 향기를
익어가는 석양 빛에
하얀 머리 꿈꾸는 날을
선물하기로 했습니다

던져 버리다 2

미리내가 날아왔다
신세계에 눈 뜨고
그와의 사랑에 빠진 며칠
허기도 눈을 감았다

날로 새 날개를 달고 오는
신비의 샘 만화경
시간의 주인이 된 카카오톡

제집을 잃은 시간
카톡방의 홍수에 갇혀
기다리는 것들을 모른 채
마른 뼈로 헐떡거린다

그 별밭에 빠져

제물이 되어야 할지

세상눈이 멀어도

무탄트로* 영원을 살아야 하는지

나침판이 흔들거리고 있다

* 무탄트(Mutant) : 『Mutant message』에서 돌연변이의 뜻

던져 버리다 3

우주의 맨살
사막의 속살을
맨발로 짓밟고 싶어

빛의 활강을 타고
모래산 심장 속으로 들어가
마그마에 묻혀서

누더기로 굳은 세상
이승의 껍질
시간의 흔적들을 녹여버리고 싶어

바람 한 줌에

모래언덕 사라지듯

삶의 무늬를 찢어버리고

새 하늘

헬리오스*를 향해

함박웃음을 터트리고 싶어

* 헬리오스(Helios) : 그리스 신화에 나오는 태양신

던져 버리다 4

버스 머리통이 들어왔다
심장이 뛰다가 조여온다
오토바이가 바싹 달라붙는다
머릿속이 우지끈하더니
헛구역질을 해대기 시작한다

살아가려면
어쩔 수 없이 지불해야 하는 것
알면서도 시달렸다

날마다 허물어져가는
십오 년 만의 서울거리의 운전
한 달 지나 드디어 사 개월째

던져 버리기로 했다

이제 이 땅위의 모든 차는
앉기만 하면 다 내 차가 되었다

쉬엄쉬엄 걷다가 리어카 상에서
오렌지 한 봉지 골라 넣는 기쁨
이전에 모르던
선물 같은 하루가 줄서서 걸어간다

던져 버리다 5

불씨의 그림자는
여전히 길게 누워 있었다

너와 내가 다름을 알면서도
밀고 당기다가 넘어지고
폭풍속으로 휘몰리는 어리석음

서로의 감옥이었다

사람을 안다는 것은
모진 마음을 달래가며
그의 살갗 속으로 들어가*
함께 숨 쉬는 것

억지 다짐만 키를 세워가고
웃음이 죽어가고 있는 것에 우는
내 안의 부르짖음

자존심이란 뿔을 잘라 버렸다

하루하루 순례에 나서는 마음
나직하게 떠도는 기쁨이
호젓한 시간들을 다독이며
느낌표로 새록새록 살아온다

* 하퍼리(Harper Lee): 『앵무새 죽이기』에서 인용

던져 버리다 6

숨이 막혔다
엄지손가락의 인대염증 재발
두 달여 남은 서예전시회
길게 비켜섰다

거북등처럼 말라붙은 먹물
묵향을 코끝에 묻고
비틀거리는 붓대
전시회는 꿈으로 날아가 버렸다

눈으로 듣고 귀로 말하며*
여섯 달의 겨울잠 끝
목마른 봄볕에서

'시'라는 산에 붙잡혔다

이 산 저 산 헤매이며
이 나무 저 나무 낮잠을 깨워
나뭇잎 끝 이슬방울 속에서
바람의 말을 찾고 있다

* 해남 웅진당 기둥에 새긴 글 중 이근배 시 「추사」에서 인용

던져 버리다 7

알파고*, 그대가 해냈다고

신문이 날아 다니고

방송이 시끌시끌하오

마침내 인간은 바둑알을 던졌다고

당신이 해낸 일이 무엇인지 아오?

내가 당신이라면

기쁨의 눈물 속에 빠져

기절했을지도 모르오

울 줄도 웃을 줄도 모르면서

대국료는 어디로 흘러가는지 아오?

기차를 타면, 어디를 왜 가는지

독방에서 혼자 마시는 커피가 어떤 맛인지
밤 새워 읽는 책이 무슨 꿈을 주는지
새벽 새소리는 얼마나 맑은지
부서지는 햇살 속에도 향기가 있음을 아오?

한 달에 백만 번의 판을 둔들
바둑판 앞에 앉아 드리는
거룩한 침묵의 기도를 아는지
꿈속에서도 바둑을 두는 그 마음을 아오?

그런데 겁도 나오
야금야금 지구를 다스리다
어느 날, 화성 주민 이주시킬 봐
우리의 영혼의 노래를 빼앗아 갈까 봐
아찔하고 무섭다오

* 알파고(AlphGo) : Google Deepmind가 개발한 인공지능 바둑프로
  그램

던져 버리다 8

비는 비껴갔지만
남자는
아직도 우산 속에서
담배를 길게 빨고 있었다

사무실 계단을 한 발 한 발
밟을 때만 해도
그는
고장 난 시계 속에서 살고 있었다

'사표'라는 목줄을 메고 있는 동안
웃음은 빼앗겨 버렸고
가시박힌 말들 앞에서

오히려 제 몸에 못을 박으며
햇살 같은 나이도 잊고 살았다

지붕 없는 일터 앞에서
다시 '사표'를 쓸 수 있는
한줌 행복이 있으려나

갈 곳 없는 시간의 공허 앞에
바람의 반대 방향에 서서
쏟아낸 검은 눈물이
빗물 속에서
기억을 지우며 흐르고 있다

4부

세상의 침묵에
말 걸기

뒤안길

한 편의 영화가 끝날 때마다
볼 수도 셀 수도 없는
작은 글씨의 이름들
영화의 분신들이
강물 흐르듯 미끄러져 간다

삶의 큰 길 뒤 작은 길에도
얼마나 많은 이름들이
흘러가고 잊혀졌는가

홀로 사는 것 같은 안경 속
시간 속에 묻힌 사연들
인연에서 인연으로

얽히고설킨 무늬들
세월에 업혀 흘러간다

나무 스스로는
나무의 얼굴을 몰라
잎 피고 꽃 피어 비로소
어떤 나무로 되어 간다
삶의 언저리마다
가슴속 깊은 강에는
스쳐간 파도들이 줄줄이 흘러가고 있다

보이지 않을 뿐
영혼을 깨우는 울림으로
살아 숨 쉬고 있다

체리 향기
– 영화를 보고

삶의 길에서 무서운 것은
내 안에서 일어나는 광풍이다
자기 생명을 스스로 절단하려는
자기만의 고통 속에서 이는 바람

먼지바람만 풀풀 날리는 황무지 언덕길
남자를 싣고 가는 녹슨 자동차 하나
바로 광풍의 얼굴이다
사람은 길을 만들고
그 길 위에서 사람을 만나고
그 만남들이
또 다른 만남을 낳으며

살아가는 인생길이 된다

바람만 오가는 황톳길에도
생명의 향기는 살아 있어
우연한 체리 한 알의 향기가
한 생명, 영혼을 살린다
모래바람 속에서도 꽃을 피운다

산다는 것은
황무지에서 체리 향기를 길어 올려
세상살이에 꿈을 주는 것
빗방울 속에서 무지개를 보고
어둠 속에서도 별나라를 찾아
사막에서 우물을 긷는
꿈을 찾아 떠나는 길이다

죽음 앞에 이방인은 없기에

매혹당한 사람들

추적추적 초가을 비에 움츠려
미루어둔 집안일도 팽개치고
오직 하루 한 번만 상영하는
〈매혹 당한 사람들〉 영화를 보러 갔다

열두 시 십오 분
턱에 숨을 몰고 들어선 순간
일백이십 석 전 좌석이
나를 위해 기다리고 있다

공허 속 꽃술처럼
가장 중앙 F6 빨간 의자에 앉아
전 좌석을 내가 차지하고

공포심까지 품고 본다

팝콘냄새 스마트폰 불빛도 없는 조요 속

나 혼자만의 축제의 장

한 남자와 여섯 여자들

무지갯빛 욕망 속에

나도 묻혀 남자에게 마음을 빼앗겼다

사람은 전쟁의 치열한 위기 속에서도

지경을 넘어

나이를 넘어

본능적 욕망은

영원히 살아 빛난다는 것

카인의 피는

여전히 숨어 흐르고 있음을

뜨개질하는 남자

마치 씨름 선수만 같은

두툼한 등판

검은 뿔테 안경의 남자가

하얀 토드백을 안고 건너 자리에 앉았다

배가 불룩한 백에서

연두색 보라색 실꾸러미가

삐죽이 얼굴을 내밀고 있다

자리에 앉자마자

커다란 대바늘 두 짝이

연신 목도리의 키를 더해 간다

책이나 영화를 보는 게

내 일인 양 하다가

책도 영화도 눈을 감고 있는데,

비행기가 출렁 춤을 추어도
쉬지 않고 번갈아 뜬다
보라색은 바로 뜨기
연두색은 꽈배기로
일만 미터 태평양 밤하늘에서
기린 목을 하고 뜨개질을 한다

한 코 한 코
그만의 외로움을 깨우면서
사랑을 엮어가고 있다
뿔테 안경 두 알처럼
밤을 뜨개질하고 있다

단순한 행복

황사는 푸른 하늘을 숨겨놓고
발목을 잡아 버렸다

찻물 따르는 소리 창가를 흐르고
곁에는
갓 구어낸 들깨과자 두어 개

벼르던 책을 앉혀놓고
들었다가 놓았다가
용재 오닐*의 비올라 〈타이스의 명상곡〉을
듣다가 놓치다가
두류산 달빛차 한 모금
목젖을 호강시키다가

행간을 튀어나온 글자들
밑줄도 그어 주다가
손녀의 전화를 반기다가 그만,
차 혼자 식어 버렸다

달빛 젖은 차 홀로
에른스트 블로흐**의 〈기도〉를 듣고 있다

* 용재 오닐(Richard Yongjae O'Neill) : Viola연주자
** 에른스트 블로흐(Ernest Bloch) : 스위스 작곡가

산 입들은 경배하지 않는다

살아 있는 것은 없다
홀로 있는 것도 없다
스스로 있는 것은 더욱 없다

식탁은 언제나
죽은 것들의 축제장
죽음을 요리한 잔치
꿈틀거리는 세발낙지조차도
요염한 꽃잎 차도
이미 하얀 피다

자르고 가르고 굽고 튀기고
육즙은 침샘을 유혹하고

절이고 말리고 삶고 무치고
나물의 화려한 나들이
다지고 볶고 덖고 끓이고 우리고
제 살의 내음을 도담도담 키운다

산 사람들을 위해
죽어간 것들에 대하여
산 자들은
아파하지도 죄책감도 없다
감사는 혀 속에서 잠들고
오직 그들의 미식을 기뻐한다

죽어간 것들의 헌신이 있을 뿐
그들을 경배하지 않는다

비누에 대한 묵상

가랑잎 마르듯 여윈 비누를
버릴까 하다가, 한 번 더
그렇게 며칠째 미루는 중이다

비누가 그냥 비누인가
동식물의 온몸의 살과 피를
비틀어 짜내고
온갖 나무 꽃들의 혼
향을 빨아내어
녹이고 끓이고 다듬어진 것
홀대하여 버릴 수는 없다

제 몸 녹여 남을 씻기는

헌신의 눈물, 하얀 분신
두 손으로 맞을 수밖에

이보다 더 귀한 만남 있으랴
하루에도 몇 번
단둘이 손잡는 인연

부끄러운 손

지하철 3호선 안국역 계단
종이 박스 위에 무릎을 꿇고
얼굴을 박고 엎드린 남자
빠알간 언 손
나이 가늠이 안 간다

지갑을 찾다가 몇 계단을 지나쳤다
잠힌 지갑을 잡은 순간
우르르 사람들이 몰려 올라온다
되돌아 올라가 줄 용기가 안 나
슬그머니 모른 척, 마음을 잠갔다
문득 지갑 벌리는 것이 창피한 생각
전철 안에서도 어디 한두 번인가

작은 돈 찾다가
앞 못 보는 분을 지나친 일이
조막손이도 아닌데
마음에 삼동三冬이 들어왔는지

눈을 감고
가슴속 거울을 들여다본다
부끄러운 내가 멍하니 서 있다

지하철 단상

저녁 여섯 시 반
여의도역 전철 역사는 검은 바다다
머리들만 동동 밀려다닌다
종합운동장행 급행이 오자
무섭게 밀고 밀리며 들어간다
문이 두 번이나 멈추다 겨우 떠났다
이어 일반행이 오자
우르르 어느 사이 또 만원이다
지옥철은 그렇게 떠밀려 갔다

1964년 약수 – 서교동행 10번 버스
신당동에서 연대 앞까지의 버스 전쟁
버스에서 내리자 코피가 터져

학교 의무실에서 누워 있던 기억

여차장 허리 아래 불룩한 갈색 돈주머니

차장의 배는 승객도 밀어 넣고

돈도 보존하는 힘의 보고였다

꼬리에 꼬리를 물고

떠밀려 실려가는 모습에

미리 숨이 막혀 온다

발걸음을 돌려

나이 세듯 계단으로 내려와

환한 가로등이 반겨주는 여의대로에서

빈자리도 넉넉한 버스를 탔다

이것이 내 자리인 것을

무관심의 형벌

배부름을 모르는 아이
밥버거 두 개 컵 라면 치킨을 먹고도 고파하는 열여덟 아이
우람한 팔에 용 두 마리와 함께 사는 그는
첫 만남에 마음 문을 연 학생이다
자기가 식구들에게 잊히는 게 두렵다고
두 달째 편지도 면회도 없단다
아니라고. 아니라고 부정에 부정을 더하여 말해줄 수밖에
없다
널 잊은 게 아니라 부모님도 형도 널 보내고 힘든 거라고
공주에서 춘천은 돌아 돌아 멀다고
입에 풀칠하기가 어려운 거라고 에둘러 말해준다
그 부모 형보다 더 큰 보이지 않는 손
지극한 사랑의 혼이 널 지키신다고 손을 꼬옥 잡아주었다

초콜릿을 물고 있던 눈가에 이슬이 반짝 보였다
대장암인데 변비약만 먹다가 사망했다는 소년원 학생의 뉴스
눈을 번쩍 뜨고 다시 보았다 춘천이라니
그간 춘천에서 만났던 아이들 얼굴이 줄줄이 떠오른다
끝없이 먹고 또 먹던 아이일까
여드름투성이이던 아이일까
사타구니에 과자를 숨기던 그 아이일까
혹 검정고시 공부에 열심을 쏟던 그 아이는 아닐까
무관심의 형벌을 두려워하는 아이들
자식은 저승에서 온 빚쟁이라는 옛말이
하늘에서 저절로 떨어진 말은 아니리라

아픈 마음 안고 다시 찾은 눈 덮인 학교 운동장에는
사람 발자욱은 없고 나들이 나온 새들만 설화를 그리고
눈꽃 핀 은행나무만 우두커니 교정을 지키고 있다

침묵, 말을 걸다

1.

하얀 접시에

농어 스테이크 한 점

새우 샐러드 한 줌

오색꽃이 포도소스와 춤사위로 앉아있다

음식이 마음을 간지른다

씹을수록 보고픈 이들이 어른거린다

절로 웃음이 솟는다

2.

조팝나무 하얀 꽃

흰 장미와 곱슬버들 몇 줄기

변치 않는 사랑의 꽃말을 가진 리시언더스

부활의 은혜를 품은 꽃바구니
말라 있던 마음밭에 물기가 스민다
잠들었던 단어들이 새싹 오르듯 기어 나온다
소리 높여 찬양하라고 꽃들이 손짓한다

3.
『가벼운 걸음』*이라는
시집이 내게 온 날,
가벼운 걸음에는 그림자가 있을까
영혼의 무게만 있을까
해넘이 끝에서 내 안의 거울을 보면
내 생에 새벽이 다시 온다고
미소 지을 수 있을까
책이 자꾸 말을 걸어온다

*『가벼운 걸음』: 박이도 시선집

침묵의 부르짖음

깜짝 놀라 가던 발걸음을 멈추었다
중화식당 앞
거대한 뱀들이 굼틀거리며 담배를 지핀다
온몸을 문신으로 도배한 사람들
팔 다리 목을 휘감은 아우성

그들 방식의 갑옷이리라
존재 확인의 다른 자기 방어벽
한 땀 한 땀 바늘자국마다
소리 없는 외침
외로움 숨긴 부질없는 소리
지난 상처들의 울부짖음이리
허망했던 날들 뜯어 훌훌 버렸는지도

상처 난 구멍마다 새 심지 세워
잃어버린 자기를 다시 찾는지도
옛집을 찾는 고통의 흔적인지도

비 개인 하늘
조개구름이 제 집을 허물고
새 집을 지으며 떠간다

바늘 끝,
온몸을 휘감은 아픔의 흔적들
구름이 새 집을 짓듯
어둠의 길 지우고
잃어버린 길을 찾아갔으면

촛불, 거룩한 자유

흔들리지 않으면
촛불이 아니다
눈물 없는 촛불도
촛불이 아니다
흔들리며 울어야
촛불의 거룩이지

누군가에게
어둠 그윽한 곳에서
빛이 된다는 것은
거룩한 자유다

촛불은

싸움에 대하여 말하지 않는다
촛불은
자유에 대하여 말하지 않는다

촛불의 흔들림은
눈물로 녹은 아픔을
소리 없는 희생을
자기 몸의 죽음을 말하지 않는다

거룩한 침묵은
오직
거룩한 자유의 흔적일 뿐

하늘 누리

여기까지 인도하여 주시고
입술에 찬송을 주셨습니다
달리는 바람 속에서도
기둥 세워 잡게 하시고
앞 흐리는 눈보라도
당신의 품으로 가려 주셨습니다

세상에 절고 절어
소금기로 굳어 갈 때에
당신의 생수로 씻어 주시고
말씀의 문을 열어 주셨습니다
아픔의 고통에서 사랑을
상처의 눈물에서 용서를 배워 주셨습니다

고난의 매듭에 묶여
출구 없던 어둠의 시간에
하늘 문을 열어
어둠 넘어 광명을 보여 주셨습니다
하루의 삶, 그 선물이
영원에 이르는 다리임을…

눈, 귀 다 감기려 할 때
기도하는 나무를 심어 주셨지요
비록 열매 무성치 않아도
당신 무릎 앞에 갈 때까지
영원의 꽃을 피우라 하십니다
하늘 향기로 숨 쉬며
영생의 샘으로 오라 하십니다
은혜의 바다로 나아가라 하십니다

그것도 장례식이라고?

로봇도 반려자라고?

월급도 안 주고
옷도 안 해주었지만
함께한 시간들 잊을 수 없다고
이젠 늙은 반려자 어쩔 수 없어
이별식을 해야 한다고
그냥 헤어질 수는 없어
절에서 스님 모시고
제대로 장례식을 해야 한다고

소피아*는 사우디에서 시민권도 받고
여행에 동반도 하고

영혼을 파는 건 인간의 자유지
훗날 어느 별로 이주할 때는
우선 동반자가 될 터이고

로봇주민세도 내야 할지도
그러다가 어느 날 인간의 장례도
그들에게 유언할 터
그러다가 또 어느 날
인간 스스로 모르는 사이
그들의 로봇이 되는지도!

* 수피아(sophia) : 인공지능로봇, 사람과 매우 유사한 휴머노이드 로봇

시간의 그늘
- 2015년 8월 15일

아우슈비츠 유대인 30만을 죽인 살인기계의 작은 나사*로 남자를 생체실험했던 사람을, 토악질이라도 해야 할 죄인을 유대인 여자가 처벌보다는 이제는 함께 치유의 길로 나아가야 한다고 포옹을 한다. 그것도 판결법정에서 말이다.

일본이 집단적 자위권이라는 전쟁 알갱이를 헌법에 박으려고 허울 좋은 깃발을 날리면서 독도를 삼키려고 독사의 혀를 내밀고 있다. 정신대의 검은 울음은 모른 체 뻔뻔스런 눈으로 등을 돌리고 있다. 일본대사관 앞 수요집회는 오늘도 비속 눈물에 젖어 부르짖고 있다.

건국의 아버지라 하는 이승만 전 대통령은 광복 후 나라건

국과 6·25전쟁을 이끈 공로자임에도 아직도 용서의 숨이 멈
춘 상태다. 시작과 끝이 어둠속 지하철 궤도를 계속 달리기만
하고 서거 50주년이 지났다.

독재생산국 3대인 조선민주주의인민공화국은 인권 무덤국
이 되었다. 셀 수도 없이 많은 정치범 수용자를 영혼의 문둥이
로 만들고 반토막 땅에서 핵귀신을 모시고 으르렁대고 있다.
통일열차는 허공에서 메아리치고 이야기꽃만 피우며 헐떡이고
있다. 분단된 지 일흔 살이 넘었다.

* 살인기계의 작은 나사 :《조선일보》기사를 인용함

더 큰 말은 없다

저절로 쏟아지는 눈물보다
더 큰
인간적인 말은 없다

슬픔을 보듬는 침묵보다
더 큰
위대한 말은 없다

온 마음으로 안아주는 포옹보다
더 큰
아름다운 말은 없다

꽃보다 활짝 핀 웃음보다

더 큰

세상의 말은 없다

아가의 옹알이보다

더 큰

천연의 말은 없다

말 없는 말

그것은
기도하는
하얀 손

잔가지 다 버리고
울 너머 끝
몇 가지에서 피어
온 골목길
환하게 밝힌다

보고, 또 보고
한 번 더
걸음 멈추게 하는

거룩히 핀
목련 송이들

꽃이 다
꽃이 아니라는 것을
말없이 말해 주었다

욕설이, 그랬는데

욕설의 끈을 잡은 순간
귀가 번쩍 열리며
내 눈을 의심했다
'ㅆ'자로 'ㄱ'으로 내뱉는
그 사람들의 얼굴은
얼마나 당당하고 훤한가

욕도 말이라니
타락한 언어일 뿐
욕을 파는 사람은 별종이라고
그랬는데,

운전대 앞에서

튀어나온 앞차를 향한 분노
누를 것인가, 뱉을 것인가
한마디 내뱉어 버린 순간
뼛속으로 섬광이 번쩍 들어온다
무언가 해낸
죄책감이 아닌 희열이
말 속에 박힌 못을 빼어버린 가벼움 같은

욕설은
푸서리에서 자란 사람들 것이거니
그랬는데,
푸서리는 따로 없다는 것을
누구의 전유물이 아니라는 것을
욕설의 힘, 그 뒤안에
하얀 웃음이 피고 있음을

욕설보다 위대한

슬프다 못해
우울 속에 빠져 눈물이 그렁거렸다

여자의 나체 패러디가 날아온 날
이 정처 없는 욕 앞에
숨은 여자의 분노가 폭발했다
세상을 내가 붙들고 있는 듯
큰 바위에 얻어맞은 통증처럼
야금야금 속이 쓰렸다
지극히 실존적인 욕설의 위력인지
영혼이 두들겨 맞은 탓인지
대한 추위에 옹골지게 보채던
몸살 기운도 지레 도망갔다

한낮 따뜻한 햇살
목말라 늘어져 있는
꽃나무들 밥을 주었다
오직 찬 물만 주었는데
이슬 피어나듯
눈빛이 초롱초롱해지며
푸른 시선으로 안겨 온다

욕설보다 위대하다
세상에 투정하지 않는
말없는 꽃들에게서
따뜻한 기쁨을 읽고 있다

함께 그러나 홀로

숲속 길을 걷다 보면
나도 걷는 나무가 된다

곤줄박이 직박구리 박새
산새들의 수다도 함께 걷는다

굽은 나무 등에 기대니
나도 힘들었다고 속삭인다
서로 기대면 따뜻해진다고

곧은 나무에게 손 내미니
키자랑 고개 젖히며
하늘을 보라 한다

싸우며 숨 가쁘게 걸어온 길
절망은 없다고

숲속의 그리운 평화가
풍경을 지고 간다

함께, 그러나 서로 홀로

꽃에게 죄를 짓다

덤불지게 자란 제라늄
머리 숲이 더워 보여
싹둑싹둑 잘라 주었다

내 눈은 시원한데
푸르름 짙은 머리털을
야멸차게 잘랐으니

소리 없는 그의 눈물이
등 뒤에서
뒤꼭지를 잡아당긴다

그도,

한 생명인 것을
몹쓸 짓을 했다

누구를 위한 것인지

눈물 닦아주는 마음으로
가슴 속에
무두정* 하나 박았다

＊ 김종철 『못의 사회학』에서 인용

하얀 숲

신선들이 모두 소복 차림이다

고요에 안긴 자작나무 숲

눈 내리는 소리가

귀를 돌아

심장으로 차오른다

신선들 사이로 눈들이 누워

사람 발길을 따라

하늘을 향해 노래를 한다

영혼처럼 서 있는

나무들의 침묵

우듬지 끝
눈꽃 가지 속으로
하늘 곳간 눈 샘이 보인다

몽환처럼 내리는 눈은
계속 길을 지우고
눈들이 나를 깨워
조곤조곤 겨울 숲을 이야기한다
발 디디는 자욱마다
그림이 되고
하얀 걸음 따라
영원의 순간이 지나가고 있다

팽이는 스스로 돌지 않는다

안경 속에서 봇물이 터졌다
곱슬머리 청년의 울부짖음이
백일해 기침처럼 그칠 줄을 모른다

아무도 들어주지 않는
누구도 아는 체도 않는
대답 없는 사연들
세상이 다 기회라고 떠들던
메스꺼운 입발림
그리고 밀려오는 절망
이곳저곳에서
뼈 부서지는 소리만 요란하다
인간이라는 섬이

제도라는 철벽이 막아서서

숨 가쁜 하소연만

메아리 되어 돌고 돈다

아픔의 짐도

괴로움의 무게도

한숨의 등짐도

내려놓을 곳 없는 나날

시간이라는 열차는

푸른 나이를 채찍질 한다

맞으며 도는 팽이처럼

그렇게 사는 거라고

스스로 도는 팽이는 없다고

넘어진 팽이는 울지 않는다고

바라만 보아도

황홀한 불나비 춤사위로
눈이 펄펄 날리며 쏟아진다

슬며시 웃음이 새어나온다
이런 호사스런 핑계려니

용서받은 약속파기로
선물로 얻은 새 하루가
날리는 눈과 함께 춤을 춘다

젊은 날
눈은 으레 밖에서 맞던 것
어느 사이

눈발은 바라보는 것만으로

나 서 있는 곳,

가슴이 그대로 눈밭이 된다

드뷔시의 눈송이가 춤추는* 사이

차를 우리며 누리는

고즈넉한 시간의 충만

눈은 여전히 춤을 추고 있다

* 눈송이가 춤을 츄다 : Debussy 피아노곡을 인용함

익명의 나

영하 9도 추위에 폭삭 주저앉아 죽은 분꽃을 보니 내 몸둥이처럼 맘이 아프다 밤마다 뜰을 밝혀 나를 맞던 얼굴 볼 수 없으니 일상의 낙이 하나 사라졌다 무엇이든 헤어짐은 여전히 슬프고 아프다

지하철 입구 계단에서 언 손을 벌리고 있던 남자 걸인을 보고 지갑을 살짝 만지작거리다 그냥 왔다 문득 많은 사람들 보는 데서 돈을 헤아리는 내 모습을 보이는 것이 창피한 생각이 스친 탓이다 그때의 혐오스런 내 모습이 내내 부끄럽다

『레 미제라블』에 나오는 주연배우 남자 여자 얼굴은 떠오르는데 어느 이름도 아무리 생각해도 입에서 맴돌기만 한다 2012년에 본 것까지 생각이 나는데 깜깜하다 미루어 놓고 잊어버렸

다 드디어 잠자리에서 하나둘씩 글자들이 줄줄이 기어나온다 러셀 크로우, 휴 잭맨, 앤 헤서웨이, 날이 갈수록 나 자신에 실망하는 일이 많아진다

저녁 6시 반 여의도 지하철 역사는 사람머리로 가득 차 온통 새까맣다 급행열차가 오자 무섭게 밀고 들어간다 문이 두 번이나 안 닫히다 겨우 밀어서 떠난다 곧 도착한 일반차도 밀고 밀고 떠밀려 간다 지옥철이라는 말을 실감하면서 60년대 시내버스와 차장을 생각하다가 지레 숨이 막히려고 한다 나이를 헤아리며 포기하고 발걸음을 돌려 불빛 따뜻한, 속이 훤히 보이는 시내버스를 탔다 가끔 이런 경우 내 나이가 무서워진다

닦은 그릇을 넣으려다 놓쳐서 두 개나 깨졌다 몇 번째인지 내가 생각해도 이젠 한심하다 '너 왜 이래?' 야단을 치다 '괜찮아 그럴 때도 있는 거야 그래야 새 그릇을 사지' 스스로 위로하느라 중얼거리는 내 모습에 놀라기도 한다

날씨가 찌뿌둥 내려앉은 하늘이다 몸 마음 다 어둡다 밥상까지도 우울하다 꽃쟁반을 꺼내 놓고 빨강색 향초를 켠다 한결 밝아진다 초록색 냅킨이 어울릴 듯 이렇게 나를 위한 오찬은

내 자신이 친구가 되어 행복을 마름질한다 나를 잘 섬겨야 세
상 밖에서도 대접 받는다는 엉뚱한 궤변을 펼치면서…

사랑할 수밖에 없는

새내기에게 선생님은
큰 바위 얼굴로 우뚝 서 계셨습니다
그토록 크신 선생님이
자박자박 비 내리는 강의 시간에
그것도 『에밀』을 강론하시다가
꽁꽁 숨겨야 할 시집살이 이야기를
옆집 아줌마에게 술술 털어놓듯
『인형의 집』 '로라'같이 담담하게,
우리들은 마치 친구가 된 듯했습니다
그때 선생님도 여자구나
오이순 같은 연한 여자, 사람이구나
제 꿈을 깼습니다
짧은 머리, 그 걸음새만 보아도
우상처럼 높아만 보이던 선생님이

어느 날 북아현동 양옥집에서
하얀 진주햄 반달이묵을 자글자글 구워
집밥을 해 주셨을 때
큰 바위는 와르르 무너져
참엄마의 모습을 가슴에 안겨 주셨습니다

어른이 되어 세상 모서리에 서 있을 때
풀벌레 소리에도 울컥 울음 솟을 때
삶의 쓰나미 유라굴로의 광풍에 혼절하고 있을 때
터진 실밥 같은 기억 속에
단단히 박음질되어 있던 선생님이 떠올랐습니다

사람살이에서 거룩한 분노를 알게 하시고
사람 관계에서 거룩한 자존심으로 사는
참살이 교육이론을 몸으로 보여 주셨습니다

외국살이를 떠나며 인사드리러 갔을 때
냉장고를 뒤지시며 고춧가루를 싸 주시던
그 손길이 아직도 어른거립니다
민화를 그리시면서 어쩌면

마음에 능라비단을 펴는 법을
저희들에게 보여 주셨는지도 모릅니다

빨간 모자를 쓰시고 강가 산책길에 서시며
팔순의 눈으로 번역을 하시는 살아 있는 얼
늙음도, 낡음도 아닌 잘 익어가는 참삶
인생수업이 무엇인지 몸소 보여 주셨습니다

때로는 큰 바위로
어느 때는 큰 느티나무의 그늘로
아름다운 황혼의 노을 단풍으로
겨울날 아랫목의 화롯불같이
선생님을 뵈면 서늘한 가슴이 데워집니다
아직도 선생님은 따뜻하십니다
그리고 우리들의 의지로 서 계십니다
사랑할 수밖에 없는 큰 나무이십니다

* 은사 아이희 교수님 미수에 올린 글

알렙Aleph
보르헤스의 「Aleph」*을 따라서 지은

비 개인 하늘 구름이 유리빌딩 옥상정원으로 경쟁하듯 달려 온다 햇살도 바람도 덩달아 날아와 함께 수채화를 그리고 있다 꿈속인 듯 어둠 속 블랙홀인지 허우적거리다 홀연한 빛 길인 듯 터널로 걸어갔다 사잇길로 들어서니 동굴 천정 돌에 납작 엎드린 박쥐떼가 보이고 그 아래 물속에는 해마인지 실고기들 이 보인다 돌아 돌아 더 오르니 거미줄도 반짝거린다 한 점 빛 이 들어와 얼굴을 쑥 내밀자 알렙 알파가 우뚝 서있고 그 뒤 어 둠속에서 오메가가 달려와 둘이 한 몸이 되어 나를 본다 그 크 기는 내 눈에는 보름달만 하게 보이더니 그 속 또 그 속… 겹겹 이 알렙이 연결되어 광채 나는 미리내가 끝없는 세상이었다 광 대한 퍼즐 알렙의 빛 아래 거대한 숲이 바람결에 파도처럼 일 렁임을 보고 흰머리 아메리칸 이글이 숲을 찢듯 선회하는 멋진

246

광경을 보았다 낮은 낮에게 밤은 밤에게 시간을 전하고 하늘
눈 곳간도 우박의 창고도** 보고 시나이 산의 일출을 보고 사
막과 광야의 밤과 낮을 걷고 있는 내 모습을 보았다 6·25 피난
길 어둠속에 뽕나무밭인지 모싯대인지 인민군의 폭격을 피해
산 밑 누에집으로 가 밤새 사각거리는 누에 밥 먹는 소리에 뜬
눈으로 아침을 맞았고 B-29 소리가 난다고 하면 방공호 속에
서 벌레처럼 누워서 밤을 지새웠다 요나**의 물고기 뱃속이 이
러 했으리라 찔레꽃과 줄장미는 폭격소리에도 놀라지 않고 꽃
을 활짝 피웠다 겨울, 책상 없는 교실바닥은 가슴을 먼저 얼어
붙게 했다 농촌봉사를 갔던 시골 해변에서 모래성이 헛됨을 알
았고 아름다운 풍경 속에도 병든 자가 있고 싸움이 있음을 보
았다 어느 날 엄마가 된 기쁨보다 두려움이 몰려온 그때 알렙
이 내 등 뒤에서 나를 안아주는 것을 보았다 힘들던 발자국은
모두 알렙의 것이었음도 내가 보았다 우물 안에서 우주를 향
해 날아간 후 안나푸르나의 석양에 빛나는 핑크빛 산정을 보고
인도의 야무나강의 타지마할의 헛된 영광을 보기도 했다 갠지
스의 무수한 시체 타는 연기에 인생 무상한 그림자를 보고 니
스 해변의 검은 돌들이 갈기갈기 부서지는 것을 보았다 샤갈의
집에서 꿈속의 푸른 천사의 날개를 내 눈으로 보고 고흐가 머
문 정신병동의 뜰에 핀 노랑 장미를 보았다 페트라 입구 수도

원에서 흘러나오는 첸트chant에 알렙의 영감의 음성을 듣고 내 마음속에 도사리고 있는 검은 흙탕물이 쏟아지는 영상을 보며 내 눈물의 폭포를 보았다 빛의 퍼즐 속으로 들어가는 작고 작은 문들은 고통스러워 누구에게 말 할 수 없어도 알렙이 내게 보여준 에덴에 있는 나와 세상의 내 안에 있는 유다가 그 빛 속에 녹아 영원한 유토피아로 나를 안고 가는 알렙이 있음을 나는 노래하지 않을 수 없다

* 「Aleph」: 아르헨티나 시인. 소설가인 보르헤스가 지은 단편
** 부분은 『성경』에서 인용